講談社編

25

SHIOTANI KEN
MASHITA MIKOTO
SUDO KOTORI
KUROSAWA IZUMI
OKAZAKI HAYATO
TOGAMI HIROMASA
KAWAMURA TAKUYA
IGARASHI RITSUTO
ARAKI AKANE
NITADORI KEI
MINAGAWA HIROKO
KIYOSHI MARE
KANEKO REISUKE
MAIJO OTARO
TAKADA TAKAFUMI
IBUKI AMON
SESUJI
ASHIZAWA YOU
NYALRA
TASAKI RAY
MASAKI MASAMUNE
YAGINU MAYUU
YUKI HARUO
SAIHATE TAHI
MAYA YUTAKA

だから捨ててと言ったのに

講談社

だから捨ててと言ったのに　目次

装幀　鈴木久美
装画・挿画　西山寛紀

だから捨ててと言ったのに

無理解

潮谷 験

　だから捨ててと言ったのに。

　リビングで足の裏を眺《なが》めながら、私は毒づいた。ストッキングが破れている。切り離されたランナーが床に落ちていて、知らずに踏みつけてしまったせいだ。ランナー。プラモデルの部品と部品をつないでいるアレだ。こんなどうでもいいものの名称を覚えてしまった自分が腹立たしい。

　プラモデルは夫の道楽だ。毎日のように商品を購入するため、二人暮らしの一戸建ては、本来なら余裕がある広さであるにも拘《かかわ》らずそこら中に未開封の箱が積み上がって窮屈だった。ロボット、戦闘機に戦車、お城にアニメの女の子……とにかく数が多く、邪魔なことこの上ない。

　結婚前から、趣味だと知ってはいたけれど、ここまで熱中してはいなかった。

　傾倒ぶりに拍車がかかったのは、二年前、彼の兄が心臓麻痺《まひ》で急死したせいだ。夫に負けず劣《おと》らずのマニアだった義兄は、名うての不動産投資家でもあったため、たった一人の肉親だった夫のところへ十億の遺産が転がり込んできた。即座に夫は、それまで勤めていた市役所に辞表を出し、四六時中プラモデル作りに没頭する暮らしを始めたのだ。

「兄さんは、有り余るお金を楽しみのために使い切る前に死んでしまった。そのお金を受け継いだ僕は、人生のすべてを趣味に捧《ささ》げるべきなんだ」

よくわからない理屈を口走りながら、夫のプラモデル道楽は加速していった。

こんなもの、何が楽しいのだろう？

君もやってみたらと薦められたこともあったけれど、説明書通りに部品を切り離し、ちまちま組み立てる作業は退屈なだけだった。私には興味が持てない事柄《ことがら》に生活を費やしている夫。彼に組み立てられた、どうでもいい模型たち。

夫への愛情は、とっくに冷めていた。

だから義兄の家を整理した際に見覚えのない名称の錠剤を見つけ、ネットで検索した結果それが強力な睡眠導入剤だと知ったとき、私はすぐに準備を開始したのだ。

交際していた頃に夫から受け取ったラブレターを撮影して、必要な文字をピックアップした手本を作った。手本を元にして、夫の筆跡を真似《まね》る練習を何度も何度も繰り返した。

私は慎重だった。日本の警察や科学捜査研究所が優秀だということくらい知っている。素人目には同じように見える筆跡でさえも、高性能な顕微鏡やＡＩを使用することで、別人の文字だと看破されてしまうかもしれない。

そこで私は、親切を装って、夫が面倒くさがっていた色々な書類処理を手伝うことにした。不動産登記、確定申告、年賀状の宛名《あてな》書《が》き……公共機関や、知り合いの手元に残される夫のものとされる筆跡は、一年前から、すべて私が代筆したものだ。これで、夫が書き記したと思われる文章に警察が疑念を持ったとしても、その文章を比較する対象は、私が記したものになる。

百パーセント安心とは言えない。それでも、充分に勝算はあると判断した私は、ある日外出前に、服用上限を遥かに超えた分量の睡眠導入剤を混入したアイスティー入りのグラスを夫に手渡した。数時間後に帰宅すると、夫は作業用のデスクの前で冷たくなっていた。

全身の震えをなんとか我慢して、手袋をつけ、近くにある夫のノートを開く。デスクのペン立てから黒のペンを探し、これまで練習した成果を叩《たた》きつけるつもりで偽の遺言を書き込んだ。

――毎日が楽しくない。絶望したので死にます。

そうして警察に電話をかけた。これで夫の死は自殺と判断され、私は大金を相続できる。

一週間後。

警察署の一室で、私は犯行の一部始終を自白していた。

あり得ない。

疑われる可能性が、ゼロだとまではうぬぼれていなかった。

私の想像を超えていたのは、警察が、初手から夫の死を自殺ではなく他殺だと断定して、妻の私に嫌疑をかけてきたように見受けられたことだった。連日、事情聴取が繰り返された果てに、担当の刑事が絶望的な事実を突きつけてきた。

「数年前、旦那《だんな》さんが市役所で記入した書類と、亡くなった際に発見された書き置きを筆跡鑑定にかけたところ、一見似通ってはいるものの、別人のものである可能性が高いという結果が返ってきたのです。一方で、最近の旦那さんが提出された各種書類の文字は、書き置きと一致するそうです。つまり、何者かが故人の筆跡に似せた遺書を用意したと思われる」

冷たい声で、刑事は追い打ちをかけてくる。

「そして偽遺書の筆跡と、奥さん、あなたの筆跡を比較したところ、同一人物の文字である可能性が高いと鑑定されました……」

「どうして？」

罪を認めた後で、私は確かめたかった。

「数年前の書類にまで遡《さかのぼ》って鑑定するなんて、警察は、そこまで慎重なんですか」

「場合によります。今回は、疑うべき根拠があった」

それはなんですか、と食い下がる私に、刑事は逡巡《しゅんじゅん》する様子だったが、

「……自白をいただいたことですし、お伝えしても問題ないでしょうね。実は、署内にもプラモデルを趣味にしている警官がおりましてね。アドバイスを求めたんですよ、捜査に有益な情報がないものかとね」

またプラモデル？　プラモデルに詳しいことが、私に疑いを絞るどういう理由になるのだろう？

「ちょっとわかりにくいかもしれませんが、ご容赦ください」

一旦《いったん》取調室を出ていった刑事は、真っ白なプラスチックの下敷きとカッター、そしてサインペンを持って戻ってきた。机の上に下敷きを置き、無造作に見える動きでカッターの刃を這《は》わせる。下敷きの上に、細い切り跡が入った。

「プラモデルの部品の各所に、こんな感じの細い溝が入っているのを見たことがありませんか」

ある。うろ覚えだけど、と答える。

「あれは、鉄板や鋼材の継ぎ目を再現したものなんですよ、最近のプラモデルは、そこまで繊細なものを金型で表現できるらしいです。とはいえ模型はサイズが小さいので、細かい溝を作っても、写真映えしないし、注目されにくい。そこで溝を強調するためのテクニックが存在するんですね」

刑事はサインペンを、切り跡の上に沿わせる。少しペン先を動かしただけで、真っ黒なインクがつうっ、と切り跡を走り、髪の毛のような繊細なラインが生まれた。

刑事は切り跡の端《はし》に、わずかにはみだしているインクを指し示した。

「今回は省略しますが、この線の上に消しゴムをかけたり、アルコールに浸した布で拭《ふ》き取《と》ったりする作業を行います。すると、溝の中のインクは残ったまま、はみだした部分だけ綺《き》麗《れい》になる。今、お見せした一部始終を『スミ入れ』と呼ぶそうです。マニアの警官に言わせると、スミ入れの中でもさらに細かい区分があるみたいですが、それはどうでもいい」

刑事は苦笑しながら文具類を机の脇《わき》に寄せた。

「ただ、このスミ入れという工程は、一般的なインクを使用すると、はみだした部分が綺麗に消えないので、拭《ぬぐ》いやすいインクを使用した『スミ入れペン』という商品が市販されているそうです」

「もうわかりました」

私は深々と嘆息した。

「私は、スミ入れペンとやらで、偽の遺言を書いてしまったのね」

「ご明察です。旦那さんが事切れていたデスクのペン立てには、様々な用途に使用するペンやマーカーが入っていました。通常の書き物に使用するペン、着色用のマーカー……そしてスミ入れペン。スミ入れペンのインクは、ノートなどに書き記した場合、少し擦るだけでかすれてしまいます。突発的な自死ならともかく、わざわざお兄さんが使用していたものと同じ睡眠導入剤を用意して死を選ぶような人が、よりによって一番消えやすい筆記具を選ぶのはあまりに不自然だ。だから我々は、殺人と、筆跡の偽造を疑った」

私は自分の愚かさを噛《か》みしめていた。

「ぜんぜん興味が持てなかったのよ。夫が熱中していたことに。くだらないものに囲まれた毎日が嫌で嫌でたまらなかった。だからぶちこわしてやりたかったのよ」

プラモデル作りにいそしむ、あの夫の顔を私は思い出していた。毎日が充実していると言いたげな、あの没頭した、憎らしい表情！

「でも、少しは目を向けてみるべきだったわね。そうしたら……」

「旦那さんを殺さずに済みましたか」

刑事の問いかけに、私は首を横に振った。

「そうしたら、スミ入れペンなんて使わなかったでしょうね」

お守り代わり

真下みこと

だから捨ててと言ったのに。

私は心の中でそう呟《つぶや》いてから、瑠衣斗《るいと》の方を見た。

「ねえ、起きてる？」

「うーん」

目を瞑《つぶ》って眠そうにしていても、瑠衣斗はとても綺麗《きれい》だった。三回ブリーチした金髪が、一本ずつ煌《きら》めいている。やっぱり、かっこいいな。

「私をナンパした時のこと、覚えてる？」

瑠衣斗は何も答えない。

「まだ私が東京《とうきょう》ふぉーりんＣｌｕｖ《クラブ》ってグループでアイドルやってた頃、握手会でファンに直接ダメ出しされたんだよね。歌だったかな、ダンスだったかな、それとも顔のことを何か言われたんだっけ」

返事をしない瑠衣斗に、私は呆《あき》れて笑いかける。

「とにかく私はイライラしてて、ライブ終わりに新宿をふらふらしてたら瑠衣斗に声をかけられて。普段だったらナンパとか無視するんだけど、瑠衣斗はすごくかっこよくて。二人でルミネのスタバに入って、瑠衣斗がバニラクリームフラペチーノを奢《おご》ってくれたんだよね。私の愚痴《ぐち》にずっと明るく相槌《あいづち》打ってくれたから、優しい人だなって、あのとき本気で思った」

「うーん」

瑠衣斗が、聞いているのか聞いていないのかわからないような唸《うな》り声《ごえ》を上げた。

「でも瑠衣斗はホストで、全部営業だったんだよね。最初のうちはご飯でもなんでも奢ってくれて、お店行かなくてもデートしてくれて、連絡もマメだった。死にたいって言ったら、一緒に死のうって言ってくれて、その場で遺書まで書いてくれた。あれ、すっごく嬉《うれ》しくて今でもお守り代わりに持ってるんだよ」

スカートのポケットの膨《ふく》らみに触れる。お守りはちゃんと入っていた。

「でも、そのうちお金を出さなくてもいいからってお店に呼ばれて、なんだか申し訳なくてお金を払うようになって、そこからは正直、あっという間すぎて記憶ない。瑠衣斗との写真を誰かに撮られて東京ふぉーりんＣｌｕｖを卒業することになって、お金が必要だからキャバクラで働き始めた」

瑠衣斗の金髪を優しく撫《な》でるとさらさらで、香水の良《い》い香りがした。

「最初の頃は私のオタクだった人が来てたけど、すぐに別のアイドルを推し始めてお店に来なくなった。結局あの人たちって私が好きなんじゃなくて、アイドルをしている私が好きだったただけなんだよね。時給がどんどん下がって普通のバイトと変わらなくなって、でも瑠衣斗はその頃人気になり始めてたから、会うためにはもっとお金が必要で」

瑠衣斗の顔はまだ、下を向いたままだ。

「ねえ、きいてる?」

いつもと同じレザーのスキニーパンツを、軽くポンと叩《たた》いた。瑠衣斗が起き上がる気配はない。

「風俗の仕事を勧めてきたとき、『なんだってみんな最初は初心者だから』って言ったよね。不安だったけど、私の容姿レベルではキャバクラでの稼ぎに限界が見えてたから、瑠衣斗のその言葉で覚悟を決めて、風俗で働き始めた」

確かそのタイミングで豊胸をしたのだと、私は自分の柔らかな胸を見て思い出した。

「面接の時に馬鹿《ばか》正直にアイドルをやってたって言っちゃったせいで、最初の店では変なキャッチコピーつけられたな。ロリカワ妹系ヤレるアイドル、だったっけ。アイドル時代のオタクも、キャバクラには通ってこなくなったのに、どこで見つけたのか店に来たの。まさかこんな関係になれるとはね、とか言われて本当に気持ち悪かった」

瑠衣斗の美しい髪を撫でながら、私は話し続けた。

「でもその人、すごい気持ち悪かったけど、週に三回指名で来てくれていたから。ホストクラブの売掛金を払うためにも、私は耐えることしかできなかった。私が仕事で病み始めてからだよね。同棲《どうせい》始めたの」

もう唸り声はしなくなり、眠ってしまったように見える。

「結局それも、風俗に私がちゃんと行くかどうか出勤管理するためだったんでしょ？　すぐ殴るところも平気で約束破るところも、売掛にすればいいって簡単に言ってくるところも全部、大嫌いだよ」

知らぬ間に、頰《ほお》を涙が伝っていた。

「ねえ、効いてる？」

肩を揺すり、反応がないことを確かめた。夕飯のポトフに仕込んだ睡眠薬が、しっかりと効いている証拠だ。

「本当は、こんなことしたくなかったんだよ」

ドアを閉め切った風呂場《ふろば》に響いた声は、誰にも伝わることはなかった。瑠衣斗は浴槽を背もたれにして座り、そのまま眠っている。

私は手袋をして、ホームセンターで買った練炭を三つ、空の浴槽に並べた。

瑠衣斗とは先月、大喧嘩《おおげんか》をした。同棲前、結婚の約束をして婚姻届も瑠衣斗が店を辞めたらすぐに出せるようにと用意していたのに、それがゴミ箱に捨てられていたのだ。私が地方の風俗店での出稼ぎから帰ってきたとき、浮気でもされてないかと調べた結果だった。私は疲れているのと不安で瑠衣斗を責めた。彼は私の頭がおかしいと言った。

——お前のメンタルをコントロールするのはお前の仕事だろ。

——は？　誰のためにキモいジジイの相手してると思ってんの？　あたしのメンタルケア

こそお前の仕事だから。

——勝手に俺の仕事増やすなよ。

——瑠衣斗のこと切るから。

——すぐ切るとか言うなよ。お前ってほんとだるいな?

——だったら私のことなんてもう捨ててよ!

練炭を買ったのは、そんなやり取りの末だった。私にはまともな職歴もない。友達もいない。家族とだって連絡してない。私が今死んでも、誰も困らない。

すると出勤した瑠衣斗から電話が来て、お願いだからもう一度だけ店で話そうと言われた。家で話せばいいのに、こんな時でもお金を取ろうとするのが嫌だった。

結局お店に行ってヘルプについてくれたホストに死にたいと言ったら、死んじゃダメだよと返ってきた。一緒に死のうと言った瑠衣斗、死なないでと言った彼。瑠衣斗と彼はきっと全然違う。私は、指名を彼に変えようと思った。

しかし指名を変えたいと彼に伝えると、ホストクラブでは永久指名制度といって、一度指名のホストを決めたら、もう変えることはできないのだと言われた。

——それって、指名してるホストが死んでも?

——いや、死んだらリセットです。うちの系列の別の店で行方不明になったホストがいて、そいつ指名の女の子たちは別のホストを指名し直してたので。この業界ってたまにあるんですよね、そういうことが。

そう聞いてから、今日まで計画を温めてきた。自殺するために買った練炭と、OD《オーバードーズ》に使っていた睡眠薬で、自殺に見せかけて殺せるかもしれない。完全犯罪ができるとは思っていない。でも瑠衣斗さえ死ねば、売掛もチャラになるかもしれないし、殴られることもなくなるし、何より指名を変えることができる。自殺に見えたら、ラッキーって感じ。

「あのとき私を捨ててれば、お店に呼ばなければ、もっと違った未来があったのにね」

眠っている瑠衣斗に話しかける。

「人を殺したことなんてないから上手《うま》くできるかわかんないけど、なんだってみんな最初は初心者、だもんね」

マッチに火をつけて、全《すべ》ての練炭に火を移す。火はパチパチと音を立てて、それから音が消えた。スカートのポケットに入れていた、お守り代わりの瑠衣斗の遺書を床に置く。

お風呂場のドアを素早く開けて外に出て、それからドアを閉める。全ての換気扇を切ってあることを確認し、リビングにまとめた荷物を持って、私はマンションをあとにした。

非常階段から下りて外に出ると、ホストと客らしき二人組が路上で抱き合っているのが見えた。あんな頃が、私たちにもあったな。

練炭は一つで十分なはずだけれど、中から目張りができないから、一酸化炭素の濃度を上げるために三個用意した。あとはこのまま出稼ぎに行き、一週間後に瑠衣斗の遺体を発見するだけでいい。お店の人がここに来て発見したっていい。非常階段を使ったから、私が何時にマンションを出たのかはわからない。

歩き出したらもう、後悔はなかった。見上げると寒空には星が瞬《またた》いていて、出稼ぎによく使うピンク色のスーツケースを引くコロコロ、という音が、いつもよりも澄んで聞こえた。

シングーは流れる

須藤古都離

　だから捨ててと言ったのに。

　聞こえるはずのない声が聞こえ、遼一《りょういち》は思わず辺りを見回した。見えるのは高く真っすぐに伸びている木、そして生い茂る緑の葉ばかりだ。アマゾンの道なき道を進んで、三時間になる。偶然出会ったガイド役のフェリペ以外に人がいるはずがない。

「どうした？」

　前を進んでいたフェリペが足を止めて遼一を振り返った。

「恋人の声が聞こえた気がしたんだ」

「死んだ女か、それとも生きてる女か？」フェリペは眉《まゆ》を顰《ひそ》めて聞いた。

「まだ生きてる。この子を捨ててくれって、彼女に言われてここまで来たんだ」

　遼一は胸の前に抱《かか》えている三十センチサイズの水槽に視線を向けて言った。中は水で満たされていて、マツブッシープレコと呼ばれる黒い小さな淡水魚が一匹、底で休んでいる。

「じゃあ生き霊ってやつか。その魚がそんなに嫌いだったってことか。それにしてもブラジルまで来たのに日本の女の声が聞こえるなんて、リョーイチは可哀想《かわいそう》な奴《やつ》だな」フェリペはそう言って笑うと、また前に進んだ。

なぜフェリペが自分のことを可哀想だと思うのか、遼一には分からない。理由を聞くほどのことでもない気がして、遼一はフェリペの後を追った。

今の自分には訳が分からないことだらけだ。

日本で暮らしていたはずなのに、どうやって自分はアマゾンまで来たのか。それもアマゾン川の支流、シングー川のすぐ近くのジャングルに。ただ水槽だけを持ってボーっと立っている遼一を見つけたのは、近くでロッジを運営しているフェリペだった。

遼一はフェリペの後を追ってジャングルの中を再び歩いた。ずっと重たい水槽を持ったままだが、不思議と疲れない。足元は下草が生い茂っていたり、ぬかるみだったりするが、問題なく歩けていた。

加奈子《かなこ》にプレコを捨てろと言われたが、近くの川に捨てることなどできない。プレコはナマズの仲間で、吸盤のような口で木や苔《こけ》に齧《かぶ》りつく。黒い体に短い髭《ひげ》がもじゃもじゃ生《は》えていて可愛《かわい》い。遼一はプレコを自分の家族だと思っており、どうすればいいか分からずに途方に暮れていた。しかし気が付いたら、水槽を持ったままジャングルに立っていた。

それを言えば、加奈子とどうやって出会ったのか、どうして加奈子の部屋に転がり込むことになったのかも、あまり定かではない。加奈子の部屋で暮らす前も、別の女の部屋で暮らしていた。女の家で養われる以外の生活を覚えていない。

アルバイトをしようとしたこともあるが、すぐにダメになってしまうのだった。人が多い場所だとか、慌《あわ》ただしい場所にいると息ができなくなってしまう。幸いなことに、女に好まれる顔立ちをしているらしく、特に何をしなくても女は寄ってきた。

どんな女も最初は優しい。何もしなくていい、好きなだけいていいと言ってくれる。だが、いずれ追い出されることになる。誰もが「可愛い」と言って遼一を抱いていたはずなのに、時間が経《た》つにつれて徐々に「気持ち悪い」と感じるようになるらしい。加奈子からもそろそろ追い出されるだろうという予感があった。

「あなたの部屋でもあるんだから、好きに使っていいんだよ」と加奈子から言われ、遼一はプレコを飼うことにした。いつだったか熱帯魚屋で目にして、なんとなく気になっていたからだ。水槽の中で口をパクパクさせている魚たちを見ると、どういうわけだか落ち着いた。癒《いや》し、というのとは違う。自分と同じ境遇の仲間のように思えたのだ。女の部屋で暮らしているだけの自分と、水槽の中の魚が被《かぶ》って見えたのだろう。

遼一は一日中、加奈子の部屋でプレコを見ていた。鮮やかに泳ぐタイプの熱帯魚とは違い、じっとしていることが多い。そんな姿が逆に遼一の心を和ませた。加奈子が仕事から帰ってきても、遼一はプレコをじっと見つめていた。プレコも遼一も、ほとんど動かない。

加奈子も遼一が部屋に水槽を持ちこんだことを喜んでくれた。一緒にプレコを見て、可愛いねと言ってくれた。それでも、加奈子が態度を変えるまでに時間はかからなかった。

いつまでもプレコを眺《なが》めているだけの遼一に対して、自分とプレコのどっちが大事なのかと問い詰めた。その次の日には「そんな気持ち悪い魚、どこがいいのか全然分からない。捨てきてよ」と言いだした。何もしなくていいと言っていたはずなのに、「何もしてないくせに」と遼一へ強くあたるようになった。

遼一にとって加奈子も他の女も同じだ。女と一緒にいれば暮らす部屋と食事に困らないというだけだ。女からの愛情に応《こた》えようと思ったことはない。そんな自分の淡白なところが、ある種の女には魅力的に映るらしいということに遼一自身も気が付いていた。どんなに愛情を注いでも、それが一方通行でしかない。それに気が付くと女たちは態度を変える。

「リョーイチ、そろそろ川に出るぞ」フェリペにそう言われて、遼一はハッとした。随分と長く歩いたが、たしかに水が流れる轟音《ごうおん》がずっと前から聞こえていた。

やがてうっそうと茂っていたジャングルが開けて、眼前に雄大な川が姿を現した。対岸まで三百メートルはあるだろうか。川は大きな岩棚の上を飛沫《しぶき》をあげながら激しく流れている。空は雲一つなくカラッと晴れ渡り、突然の眩《まぶ》しさに遼一は目を細めた。空気中に舞い上がった細かな水の粒子が、日差しを受けて虹《にじ》を描き出す。

遼一は目を瞑《つぶ》って、深く呼吸を繰り返した。ジャングルの中と違って空気は澄み切っており、肺の中まで綺麗《きれい》になっていくような気がした。身体《からだ》がアマゾンの、シングーの水に同化していく。

やっと息ができる。遼一はそう感じた。

「シングーは初めてか？　凄《すご》いだろ。こんな川はどこにもないぜ。アマゾンでも特に綺麗な支流の一つだよ」

フェリペが誇らしそうに語るので、遼一は軽く頷《うなず》いた。この川の前では、どんな美辞麗句も感嘆詞以上の意味をなさないだろう。フェリペと一緒に川沿いを移動し、魚を放しやすそうな、水流が落ち着いた場所を探した。やがて、大きく湾曲して本流から分かれた小さい流れを見つけると、遼一は水槽をその中に置いた。川の水が入らないように浅瀬に置いて、じっくりと水槽の水を川の温度に合わせていく。それから川の水を少しずつ水槽に入れて、プレコが水質の変化に慣れるのを待つ間、フェリペはシングーの魚の話をしてくれた。遼一のプレコはメデューサ・プレコとも呼ばれる種類で、日本人がシングーで発見したものらしい。確かに髭がもじゃもじゃ生えていて、メデューサと言われるとそんな気もしてくる。自分もプレコを眺めている間、石のようにじっとしていたのだと思い出すと、なんだか可笑《おか》しかった。

「ところで、ここまで案内したんだから、本当の話をしてくれないか？　リョーイチはどうやってここまで来た？　日本から来たなら、飛行機で来たのか？　そのプレコを川に戻すために、その水槽を抱えたままでか？　そんな馬鹿《ばか》な話があるか？」

もちろん、遼一自身もその答えを知らない。肩をすくめ、覚えてないとだけ言った。

「まぁ、いいとして、どうやって帰る？　パスポートも持ってないんじゃないか？」

遼一は帰りたいとは思っていなかった。

いや、やっと帰ってきたのだという感じがしていた。

どうするべきか、遼一には分かっていた。

プレコを川に放ち、元気に泳いでいったのを見届けると、遼一はフェリペに礼を言った。それから、彼が止める言葉に逆《さか》らって遼一も川に飛び込んだ。遼一は人間の身体を捨て、川の流れの一部になった。一塊の水となって川と同化した遼一は、すぐに四散していった。水となった遼一の一部は流れに乗って海にたどり着いた。赤道を照らす太陽に温められ、水蒸気になって空に浮上した。そして風に乗って世界を旅した後、雨となって海や地上に降り注いだ。

遼一の一部は大地に浸透し、地下水として長い眠りについた。

遼一の一部は汲《く》みあげられ、ブラジルの農場で穀物として育ち、やがて鶏《にわとり》の飼料となった。こうして鶏に取り込まれた遼一は日本に輸出されたのである。

遼一のことなどすっかり忘れてしまった加奈子は、業務用スーパーで買った二キロ千円のブラジル産鶏もも肉に彼が含まれていることなど知らずに、新しい彼氏にから揚げを作って食べさせた。

「美味《おい》しいよ」という男の言葉に、「この肉、安かったのよ」と答えながら、加奈子も遼一を口にした。

捨てる神と拾う神

黒澤いづみ

「だから捨ててと言ったのに！」

穏《おだ》やかな昼下がりの空気を劈《つんざ》く絵美《えみ》の怒号に、息子はびくりと身を竦《すく》めた。おどおどと狼《ろう》狽《ばい》して縮こまり顔色を窺《うかが》っている。絵美はそれを見下ろすと、顎《あご》が軋《きし》むほど強く奥歯を嚙《か》み締《し》めた。

——問題が起きてもビクビクして何もできないくせに、余計なことばっかりして。なんてとろくさいの！

「どうするのよ、これ！」

小さな胸倉を摑《つか》み上げて食ってかかり、震える手で机の引き出しを指さす。

「ねえ！　何とか言いなさいよ！」

息子は嚙み締めた唇《くちびる》を白くしてぎゅっと目を閉じた。はずみで溢《あふ》れた涙が丸い頰《ほお》をゆっくりと滑《すべ》っていく。

絵美は焦燥に駆られる心地で、睨《ね》めつけるようにしてそれを見た。

「何の騒ぎぃ？」

気だるげな声が、階段をのぼる足音とともに近づいてくる。ひょいと顔を出したのは宏美《ひろみ》だった。咄嗟《とっさ》に胸倉から手を放すと、わああ、と息子が泣き声を上げて宏美にしがみつく。

「よしよし。大丈夫、大丈夫」

息子の頭を撫《な》でる宏美を見て、絵美は腸《はらわた》が炙《あぶ》られる感覚を味わっていた。

体中の毛が逆立《さかだ》つかのような激情。絵美はその加熱を、はっきりと自覚した。微量の自己嫌悪とともに。

伏せた宏美の睫毛《まつげ》が上がる。穏やかな金色の目をまっすぐ見返す。視線が絡む。

ひと呼吸おいて、絵美は引き出しを指さした。

中をひょいと覗《のぞ》きこんで、彼女は苦笑いを浮かべる。

「あーあ。そういうこと」

引き出しの中には複数の――穴の空いたドングリと、得体の知れない幼虫が一面を埋め尽くすかのようにもぞもぞと蠢《うごめ》いている。一見して、ぎょっと度肝を抜かれるような夥《おびただ》しい数だった。

「絵美は虫が苦手だもんねー」

あたしは平気だけど、と目を細めて笑い、宏美が部屋の外を指さす。

「ゴミ袋持ってきてくれる?」

ざざ、と取り外した引き出しを傾け、中身をすべてゴミ袋に捨ててしまう。なんの抵抗も淀《よど》みもない、どうということもない手つきで、宏美はそれを解決した。

「ほら、これで大丈夫だから」

ね、と宏美が微笑《ほほえ》む。それから未《いま》だぐずぐずと泣いている息子に視線を移した。

「ママありがとぉ」

「うん。……おかあさんに『ごめんなさい』は？」

「おかあさん、ごめんなたい」

舌足らずに言って息子が頭を下げる。それでようやく、大人げない我が身の振る舞いを顧《かえり》みて、怒りが冷めていくのを感じた。

――そうよね、この子はまだちいさいんだもの。できないことだってたくさんあるよね。

自身に言い聞かせ、深呼吸し、屈《かが》みこんで息子と目線を合わせる。

「……おかあさんのほうこそ、大きい声出したりしてごめんね」

しっかり目を見ながら言うと、息子はくりくりとした黒目を瞬《また》かせて、うん、と頷《うなず》いた。

「これで一件落着かな」

言って、宏美が息子の背中を軽く撫でる。確かめるように。

「それじゃ、こっちも捨てようかー」

一陣の風が吹き、息子の体が宙に浮いたのはそのときだった。

「何してるの!?」

絵美は声を張り上げる。宏美が部屋の窓を開け、無造作に摑み上げた息子を外に放り出そうとしていた。息子は突然のことに理解が及ばず体を硬直させている。

「ダメ！　ダメよ宏美！　やめて！」

窓の外には底も見えないような雲海が広がっている。こんなところから放り出したら一巻の終わりだ。絵美は必死で手を伸ばして息子を抱き寄せた。

浮き上がっていた足が床に着いて、わっ、と息子が再び泣き出す。今度は絵美に取《と》り縋《すが》った。

「何でこんなことするの！　死んじゃうでしょ！」

「えー？　でも、なんか絵美も結構困ってるみたいだし、そろそろいいんじゃないかなーって。どうせそのうち捨てることになるよ。ドングリと同じ」

「宏美！」

「……んー分かった、ごめん。でもさ、きっと後悔すると思う」

温度のない宏美の目が絵美を見つめる。絵美はついたじろぎ、視線を外してちいさく息を吐いた。

……本当は分かっていた。宏美が息子に親切にするのは、何の興味もないからだということ。

それでもふたりで命を育《はぐく》めば、お互いに何かが変わるのではないかと、絵美は期待していた。甘かったのだろう。

絵美はもともと異邦人とも言えるような存在だった。遠くの土地から身ひとつで、迷いこむようにして宏美のもとに来た。故郷も何もかも捨てざるを得なかったが、それを惜しんだことはない。自身が捨てられたようなものだったから。

幸い宏美は絵美のことを快《こころよ》く受け入れてくれて、以来、仲睦《なかむつ》まじく暮らしている。

だが、どうしても漠然とした不安が拭《ぬぐ》えないのだ。宏美との間に、ふたりの結びつきを保証し認めてくれる『何か』が足りない気がして。

絵美はそれが欲しかった。ふたりで生涯をかけて大切にできる『何か』を持っていたかった。おそらくは、それをよすがにしたかったのだと思う。

ただ、それだけのことだったのだが。

「だから捨てようって言ったのに」

冷静な宏美の隣で、絵美はべたりと床に座りこんだ。

ドングリの騒動が起きてから僅《わず》かに一月《ひとつき》ほど——

息子に虫が湧《わ》いていた。

「絵美が言うこと聞かないからこうなるんだよー？」

小さな体の穴という穴から湧き出した虫が肌を這《は》い、肉を食《は》んでもぞもぞ蠢いている。絵美は凄惨《せいさん》な有様《ありさま》に吐き気をこらえながら、近づくこともできず、部屋の前でうずくまって嗚《お》咽《えつ》を漏らした。

「なんか瘤《こぶ》ができてたから、長くなさそうだなって思ってたんだよね。あのとき捨ててたら虫が湧かなくて済んだのにぃ」

宏美が階段の下を指さす。

「ゴミ袋持ってきてくれる？」

ベッドのシーツを取り外し、虫の湧いた体をくるくると巻いて、ぽんとゴミ袋に放りこんだ。そこには動揺も躊躇《ちゅうちょ》もない。軽く手をはたいた宏美は表情ひとつ変えなかった。

「もう大丈夫」

慰《なぐさ》めるように肩を抱きながら宏美が言う。

「悲しいけど仕方ないねー。あたしはさ、最初からこうなるって分かってたんだ。だから絵美にも反対したよね？」

絵美はさめざめと泣きながら頭《かぶり》を振った。

「でも、でも宏美は何も言わなかった……！」

「知ってると思ってたんだ。裏山で拾った子なんて、腸食《わたは》みがついてるのは当然だって。……腸食みは子どもの柔らかい内臓が大好きで、遅くとも数年で孵《かえ》って中で増えちゃうんだよ。だからあの山は口減らしに使われるんだ。屍肉《しにく》も食べるし掃除屋って言われてる」

宏美の言葉に瞠目《どうもく》し、絵美は顔を上げる。

「じゃあ、私は？　私にもあの虫がいるの？」

視線を絡ませ、宏美はゆっくりと否定した。

「絵美にはいないよ。くっついていた卵はあたしが食べてあげたからね」

言って、宏美が毛繕《けづくろ》いをするように絵美の髪を嘴《くちばし》で軽くついばむ。

「ねえ泣かないで、あたしのかわいい絵美。人の子ならまたすぐ手に入るよ。今度は拾うんじゃなくて、あたしの社《やしろ》に届けさせるようにしよう。ね、きっとそれがいい」

顔を覗きこむようにして、宏美は続けた。

「健康で丈夫な、女の子にしよう。名前も似た子がいいね。そのほうが家族みたいだし？エミ、ヒロミ、……そうだなあ、クミ、とか」

彼女の温かな羽毛にくるまれ、絵美は泣きながら首を横に振った。

宏美は子どもに興味を示さない。可愛《かわい》がっているように見えても、家畜や愛玩《あいがん》動物の域を出ない。そういう情しか持ち得ないのだろう。

絵美も同じだ。子どもを愛することも育てることもろくに出来はしないのだと、気づいてしまった。宏美にしがみついた息子を見て嫉妬《しっと》の炎を燃やしたあのときに。

「もういい。もう、子どもなんて拾わない。だって死んだら可哀相《かわいそう》なんだもの。私には宏美さえいれば、もうそれでいい……」

結局は、過ぎた望みだったのだ。

たとえ子どもなんていなくても、愛の証《あかし》を作らなくても、宏美は絵美を慈しんでいる。最初からきっと、それで充分だった。疑う余地のないことだった。たぶん——そのはずだ。

死ぬのを待つだけだった絵美を拾って、住まわせてくれた。彼女の長々とした難解な名前を、呼びやすいよう『宏美』に——絵美と似た名前に——変えてくれた。それにもう、十年近く一緒に居る。

きっとこれからも大事にしてくれる。きっと。大丈夫だ。絵美を雲海に投げこんだり、裏山に置いていったりするはずがない。

宏美が絵美を拾ったことを後悔して、捨ててしまうことがない限り、きっと――

抱き合うふたりの傍《かたわ》らで、かさかさとゴミ袋が鳴っていた。

パルス、またたき、脳挫傷《のうざしょう》

岡崎隼人

だから捨ててと言ったのに。

どうせふたりとも、この宇宙の塵《ちり》になっちゃうんだから。

わたしが言うと、あなたは笑った。「だとしても、塵になるまでの話し相手はほしいからね」

あなたはわたしのケーブルをほぐすのに苦労していた。金色のケーブルは、さっきの爆発のせいでひどく絡まっていた。ねじれてひしゃげている部分もある。もしかしたらそのために、わたしまで届く酸素の量にはすでにいくらか制限がかかっているのかもしれなかった。

また、ケーブルには亀裂《きれつ》が入っている箇所もあるようだった。ケーブルは命綱も兼ねている。もしも断裂してしまったら、わたしはこの無限に広がる宇宙に放り出されることになる。

しかし正直なところ、そんな恐怖を真摯《しんし》に想像して味わうよりも、眠気の方が勝っていた。体温の低下のため？　それとも人知れず酸欠が進行しているため？　とにかく眠くて億劫《おっくう》だった。眠ったまますべてが終わるなら、それもまあ、最悪ではないか、と思っていた。

「はい、おつかれ」

そう言って、あなたはわたしのケーブルから手を離す。ふわふわと無重力を漂いながら、自分のケーブルをうまくさばきつつ、その先の母船を見上げる。つられてわたしも見た。母船は歪《ゆが》んでいる。崩れた外壁や構造物が、船の周りを漂っている。

あれはどのくらい前のことなんだろう。

時間の感覚が薄れてしまった。たった数分前のことに思えるし、数週間前のことにも思える。

宇宙の果てが、真っ赤に輝いたのだ。直後、すさまじい衝撃波がわたしたちを襲った。上も下もなくなった。体が分解してしまいそうだった。揺れが落ち着いてから見ると、母船が醜《みにく》く潰《つぶ》れていた。

以来、船と連絡を取ることはできなくなった。

すぐに体温の低下を感じた。保温ユニットがいかれたのだろう。

いちばんの懸念は、酸素だった。

わたしたちの酸素は、船から供給されている。いまはまだ、かろうじてふたり分の酸素が送られてきている。だけどそのシステムがいつ完全にストップしてしまうのか、誰にもわからなかった。

「ひとりじめするチャンスを逃したんじゃない」。つい言ってしまった。わたしたちは同じシステムを共有している。実際、わたしがいなくなったほうが、酸素の節約になるのは間違いないはずだった。

あなたは笑って、「助かったらなにをしたい?」、と言った。

信じがたかった。「……救援はこない。じきに酸素も止まる」。だから、捨て置いてくれてもよかったのだ。「なのに、助かったら?」

あなたは指を立てた。「次の瞬間、別の宇宙船の光が見えるかもしれない。別の宇宙への入り口が開くかもしれない。秘密の自己修復ツールが、船で働き始めるかもしれない」

ばかばかしくなって、わたしは目を閉じた。もしも助かったら、わたしは眠りたい。目覚めることなんて考えたくない。すべてが億劫だった。

「ラオホビール」。と、あなたは言った。「助かったら、ラオホビールを飲みたい」

「なにそれ?」。まぶたを閉じたまま、言った。

「知らないんだ。噂《うわさ》で聞いただけ。『あー早く飲みたいな。ラオホビール。駅の裏の店でさ』って」

「ああそう」。返事も面倒だった。

「その声があまりに切実だったから、記憶に残ってるんだ」

ふうん、と返そうとしたところで、鼓膜が痛んだ。

巨大な瘡蓋《かさぶた》をむりやり剝《は》がすような、嫌な音が轟《とどろ》いていた。見上げると、船がふたつに折れていた。噴《ふ》き出《だ》した大量の燃料が、あっという間に濃い霧を作って船の姿を隠した。

直後、酸素の供給が途絶えた。

システムの活動が、完全にストップしたのだ。

いや、ときおり不整脈のように、ほんの一呼吸分の酸素のかたまりが送られてきた。眠気なんて吹っ飛んだ。苦しいというより痛かった。手足がひとりでにばたばたと暴《あば》れる。一口分の酸素の匂《にお》いを感じるたび、無我夢中で吸い込もうとした。むせて咳《せ》き込《こ》んだ。墨汁が広がるように、視界が暗くなる。自分の体の輪郭《りんかく》が、酸にとろかされるようにほどけていった。ごめんなさい、となぜか繰り返していた。

こんな思いをするなら、生まれてきたくなかった。

「リラックス」

あなたの声が聞こえた。

「酸素の供給は不規則じゃないよ。ごくゆっくりになったけど、いち、に、さんで入ってくる。それに呼吸のリズムを合わせるんだ」

あなたが言った。いち、に、さん。いち、に、さん。

たしかに、たしかにそうだった。酸素はそのリズムで送られてきた。わたしはあなたの声を頼りに、自分の息を整えることに集中した。

まず、体のまんなかに空気の通り道が生まれた。次に、自分の鼻や指の輪郭を取り戻した。頭痛が引っ込んだ。最後に視界から墨汁がはけていった。

「えらいね……いち、に、さん……」

その声がかすれていた。

わたしは見た。

あなたがこちらを見ていた。

あなたのケーブルが、あなたの体から離れていた。

「え……」

あなたは固定具を外していた。

ふわふわと、ケーブルの端《はし》から、そしてわたしから、遠ざかりつつあった。

「な……にを……」

わたしはもがいた。たちまち呼吸のリズムが崩れて、苦しくなった。

「ほら、いち、に、さん……」

どうでもよかった。宙をかいた。ただ自分のケーブルが踊るばかりで、あなたにぜんぜん近づけなかった。

あなたは、青ざめた顔で、笑っていた。

「どうして……?」

「きみに譲るよ。ラオホビールは」

あなたが小さくなってゆく。

「どうして助けてくれるの……?」

ただ一緒にいただけなのに。お互いのことも、ほとんどなにも知らないのに。

「自分でもわからないんだ」

あなたは言った。首を振ってから、笑ってわたしを指さした。

「わからないけど、きみを愛してるんだ」

それからあなたはまぶたを閉じた。それきり、もう開かなかった。

自分の喉《のど》の奥で、吹雪のはじまりのような音が鳴っていた。

遠ざかってゆく彼を見るのが苦しいのに、目を離せなかった。

そうだ、とわたしは自分のケーブルをつかんだ。切断して、彼を追いかけようとした。追いかけても彼が助からないことなんて知ってる。ただ、ひとりになりたくなかったのだ。

ケーブルに力を入れた。

その直後、宇宙に裂け目が入った。

裂け目から、真っ白な光が飛び込んできた。光はたちまち宇宙に充満した。目を焼かれて、悲鳴があふれた。

同時に、おそろしく猥雑《わいざつ》な音の群れが降り注いできた。今にも鼓膜がはじけてしまいそうだった。

宇宙の裂け目から、巨大なふたつの手がぬっとあらわれた。

手はぐるぐると宇宙のなかをかき回した。わたしを探しているようだった。

＊　＊　＊　＊　＊　＊　＊　＊

パルス。パルス。パルス。

超新星のような、無影灯のかがやき。

メスとクーパー、コッヘルのまたたき。

心電図モニターが放つ、かすかなシグナル。

巨人たちの声が、大気を揺るがす。

「十九時九分！　ひとりめ出生です！」

「新生児仮死だ！」

「蘇生《そせい》処置を始めます！」

わたしの顔に、透明なマスクが貼《は》りつく。

「お願い、呼吸して、お願い」

ただただ、やかましかった。

巨人たちは、次にあなたを取り出そうとしているようだった。

「十九時十分、ふたりめを娩出《べんしゅつ》します」

「こちらは完全に心停止しています」

聞きたくない。

二度とまぶたを開きたくなかった。

巨人たちの声に、動揺がまじる。

「これ……なんで……」

「臍帯《せいたい》が……切断されている……？」

わたしは目を開けた。

隣の台に、あなたが横たえられていた。

わたしのおなかの真ん中が、太陽をのみこんだみたいに熱くなった。

まぶたを閉じるかわりに、深々と息を吸った。

こみ上げてくるままに、叫んだ。

「産声《うぶごえ》確認！　自発呼吸はじめました！」

「心拍数も回復しています！」

「事故から、母体の心停止から五十分……」

「胎盤もほとんど剝がれかけていたのに……奇跡だな」

わたしは、ばかみたいに叫び続けている。しゃくりあげるように呼吸して、無我夢中で叫んでいる。あなたの方を向いて、あなたに叫んでいる。

わたしはこう言っているんだよ。

ありがとう。生き尽くすからね。ラオホビールの味、いつか知らせるよ。

母の箪笥《たんす》

砥上裕將

「だから捨ててと言ったのに」

子どもの頃から、何度母にそう言ったのか分からない。その度に、母は苦々しそうに笑うだけだった。押し入れよりも大きな和箪笥《わだんす》が三つ、私の家にはあった。一枚板で作られた木目のしっかりとした箪笥だ。大きな目がこちらを覗《のぞ》いているかのようだった。そして、

「ものすごく狭い」

それが私の家のイメージだった。

子どもながら安いアパートの小さな部屋を圧迫する立派な箪笥を疎《うと》ましく思い、ことあるごとに母にあたっていた。父は物心つく前に亡くなり、母が私を育ててくれた。明るい家庭ではあったが、ただただ貧しく物はほとんどなかった。それなのに、大きな箪笥が家の大部分を占領していた。正直、私たちよりも空間の占有率は高かった。こんな歪《いびつ》な状態を、いつまでも受け入れるわけにはいかない。私は抗議した。

「もうあれは捨ててよ。勉強机さえ置けないじゃないか。勉強ができないのは母さんのせいだよ」

母は笑った。

「剛志《つよし》が勉強しないのは自分のせいでしょうよ」

私は黙った。実際その通りだった。私は授業を聞かないで手遊《てすさ》びばかりする子供だった。

それでも私が勉強できないのは箪笥のせいだと言い張った。

「じゃ母さんは邪魔しないから食卓で勉強しな。絶対、箪笥は捨てないよ」

翌日から約束通り、母は食事が終わるとちゃぶ台の上を片付けて部屋をあけてくれた。もちろん私は勉強しなかった。教科書とノートを開き、鉛筆に彫刻をして遊んでいた。たまに部屋の隅《すみ》でうつらうつらとしている母を眺《なが》めていた。そのあと箪笥を睨《にら》み、

「お前がいなければ、僕も勉強できるのにな」と呟《つぶや》いた。

箪笥は何も言わなかった。黙ってこちらを見ているだけだ。優しくもなく冷たくもない。ただ美しい杢《もく》が微笑《ほほえ》むように輝いていた。

そんな少年時代が終わり、勉強が得意ではないと気づいた私は高校を出て木工の工房に就職することになった。

周囲にお前は手先が器用だと褒められていたので、調子に乗って進路を決めたのだ。それに私はなぜだか木が好きだった。生まれた頃からずっと一枚板の木目を見続けてきたからかもしれない。私は好きな仕事をし忙しくなった。

仕事も遊びも忙しくなり、家にもあまり帰らなくなってきた頃、私たちは引っ越すことになった。今度も、決して広いアパートではないけれど今よりはましだ。母にそのことを話す

と、

「これでやっと箪笥もちゃんと置いてやれるね」

と嬉《うれ》しそうに言った。私は啞然《あぜん》とした。働き過ぎて身体《からだ》を壊し、以前よりも小さくなってしまったが、母の声には力がこもっていた。

「さすがにこれは捨てようよ。うちは物も少ない。こんなの置く必要ないだろう」

母は反論した。

「今までだってこの箪笥と一緒にうまくやってきたじゃないか。これも持って行っておくれ。私はこの箪笥の木目を数えながらじゃないと寝れないんだよ」

明らかな嘘《うそ》だったが、目は真剣そのものだった。こうなったらテコでも動かない。私はため息を吐《つ》き、結局余分に引っ越し費用を払った。

当時の私の給料では、元居た場所よりほんの少しだけ広いアパートに引っ越すのが精いっぱいで、相変わらず箪笥は邪魔だった。

私は箪笥を見た。

古い山桜の木目は薄暗い部屋の光を吸い込み、輝いていた。美しいものなど何一つない我が家で、唯一光るのがその箪笥だった。涙のようなしめやかな潤《うるお》いを纏《まと》っていた。母は箪笥を見ると、いつも目を細めた。何を考えているのか、私には分からなかった。

さらに時は流れ、私は結婚することになった。

職場に事務職で入った新人の女性と付き合い、暮らすことになった。彼女は私の人生で唯一訪れた幸運のような気がした。

その頃にはずいぶんと足腰が弱くなってしまった母は仕方なく新居に入ることになった。自分でさっさとサービス付き高齢者向け住宅の手配を進めてしまった。しっかりしてるなあと思っていた矢先、新居に箪笥を持って行くことができないと分かると猛烈に怒り始めた。小さな家具なら持って行けるのだが、さすがにあの箪笥は大き過ぎると言われたのだ。

「いよいよ処分するときが来たんだ。立派な箪笥だから売却後も誰かが大事にしてくれるよ」と私が言うと、母は本気で怒り始め、私に矛先を向けた。

「なあ、剛志。あの箪笥を新居に置いておくれ。あれは私の唯一のものだから、あんたにもらってほしいのよ。本当に立派な箪笥だから」

「いやでも、俺たちの新居にもあんな箪笥は置けないんだよ」と反論しそうになった時、母の瞳《ひとみ》を見た。潤《うる》み、頰《ほお》が真っ赤になっているのが見えた。

「どうしてもってことなんだね」と私が確認すると頷《うなず》いた。すると母が初めてあの箪笥について語り始めた。

「あの箪笥はね。新婚時代にお父さんが無理して買ってくれたものなんだよ。私がお金がなくて嫁入り道具も持って来れなかったから。いつかこれを置けるような大きな家に住もうって約束して……」かすれた声で母は訴え、私は静かにそれを聞いていた。

「お父さんとの物は売ってしまって、もうあれしか残ってないから」

そう言われると、「分かったよ」と言うしかなかった。母の涙と同じ色をした杢の輝きを取り上げる気にはならなかった。私にも少しはあの箪笥の良さが分かるようになっていた。

次の日、私は職場の社長に事情を説明した。しばらく工場の倉庫にでも置いてもらえないかと相談すると、彼はタバコを吸いながらニヤリとした。

「お前、次は何処《どこ》に引っ越すんだっけ？」

「中古の一軒家を買うので、これからそこをリフォームして……」

「だよな」彼の目が射貫《いぬ》くようにこちらを見ていた。私も目を見開いた。そうか。

「すぐに箪笥、引き取ってきます」

「そうして来い。山桜の一枚板なんて、そう何度も巡り合わねえぞ。お袋さんにお前の腕、見せてやりな。俺たちも手伝ってやる」

「箪笥、立派過ぎて壊しちゃいけないと思ってました」

「壊すんじゃねえ。生まれ変わらせるんだよ」

私は大急ぎで、母とリフォーム業者に電話をした。

数ヵ月後、新居が出来上がると私は母を案内した。玄関を抜け、リビングへの扉を開けた時、彼女は「ああ」と声をあげた。母にはすべてが分かったのだ。まずあの木の香りがする。

そこには母が生涯、思い続けた景色があった。同時に私が夢見た景色も広がっていた。三つあった大きな箪笥は、それぞれ、ダイニングテーブルと、シンクの収納扉とキッチンの上の戸棚、リビングに置かれた書棚に作り替えられていた。

私は箪笥としてではなく、家そのものに箪笥の木材をばらして嵌《は》め込《こ》んだのだ。おかげで木目は部屋全体に展開されることになった。職場でも請け負ってはいない仕事だったが、新しい事業への挑戦だということで社長も仲間も手を貸してくれた。

皆、木を愛していた。驚くほど贅沢《ぜいたく》な家になった。

南向きの窓から注がれる光の中で、山桜の大きな板は本来の色味を取り戻し、温《ぬく》もりそのものであるかのように輝いた。木だけが持つ独特の赤は、幸福の色彩だった。

切り取られ、広げられてはじめて、杢の美しさは際立った。ずっと昔からそこにあったかのように古い木は、新しい家の中で安らぎを与えてくれた。金銀には代えられない美しさが杢にはある。木が与える空間の広がりは、人の心の広がりにも重なるのだ。人の人生もまた杢のようにゆっくりと広がっていくのかも知れない。

私にとっても、この木の模様のある場所が『家』なのだと思えた。

「母さん、箪笥、こんなになっちゃったけど、大事にするよ」

私が箪笥の部位と作り替えた家具を説明しながら話すと、母は何も言わず頷いていた。最後に、子供部屋に案内し、まだ生まれてもいない子供のために作られた学習机を指差した。

「ああ、これは……」と母は机に近づき、かつて箪笥の扉に使われていた木の肌を撫《な》でた。

「どうしても作りたくてね。来年生まれるんだよ。先月分かった。机は、お祖母《ばあ》ちゃんからだって伝えるよ」

それを聞くと母は机上に涙を零《こぼ》した。木はまた輝いた。涙を撫でるように皺皺《しわしわ》の手が杏に触れた。その母の手に、そっと大きく傷だらけになった私の手を重ねた。

温もりだけを感じていた。

ミックス

河村拓哉

だから捨てててと言ったのに。

捨てたら、戻ってこない。消滅する。大事なものを捨ててしまったとして、収集車が持っていったら終わりだ。集積場まで行ってゴミまみれになりながら丸一日這《は》いつくばって探して、見つけられると思うかい。

捨てたら終わりなんだ。だから大事なことだ。

オタク・ミキサー事件って聞いたことある？　世代じゃないか。


オタクがバッシングを受けていた時代があった。アニメを見るようなやつはダメだ、っていう時代。思い返すと、全然ダメじゃないんだけどね。アニメ見るのも大変だったんだぜ。インターネットなんて無いから、記録媒体ごと買ったり譲り受けたり。ビデオっていう媒体は黒い直方体で、物体として表面があるから、俺はタイトルの文字を直接書いていた。

とにかくオタクが大変だった時代さ。体育会系とか、社会人とか、そういうカテゴリの内部にはオタクが存在しないことになっていた。

でも、自分で言うのもなんだけど、オタクって昔から強くてさ。バッシングはされるし、それにムカつきはしたけど、俺が悩んでいたのはそんなことじゃない、もっと単純で重要なことだった。

家が狭いんだ。

不思議なことに、広い部屋に引っ越してもこれは変わらない。家が狭い。

どういうことかというと、アニメ・グッズを買いまくるせいだ。家のスペースのうち、自分が暮らすのに最低限必要なスペースってあるだろ？　俺の部屋はあの空間しか残らなかった。余剰分はあればあるだけアニメ・グッズに占められていった。幸せだったな。

でも今思えば、ちゃんと捨てるべきだったんだ。俺たちは捨てるということに向き合うべきだった。

オタク・ミキサーが発売された。社会に閉塞感《へいそくかん》がこびりついていた年だった。

Y字型のダクト管みたいな、入れ口が二ヵ所ある粉体混合機みたいな、とにかく入り口二つに出口一つの機械だ。

これがとてつもない発明品で……。両方の投入口にアニメ・グッズを入れると、融合された一つのアニメ・グッズが出てくるんだ。

たとえば、君の推しのアクリルスタンド、立位と座位それぞれのバージョン違いを入れると、推しの中腰のアクリルスタンドが出てくる。とんでもないことだろう。それぞれの特徴を受け継いで、アニメ・グッズを融合できるんだ。

電源も必要としない、動作原理が全部不明の怪しい機械だったけれど、俺たちはすぐに飛びついた。

腑《ふ》に落ちない顔をしてるね。確かにこの場合、中腰のアクリルスタンドはあんまりうれしくない。でも俺たちは必要としていたんだ。グッズが嵩張《かさば》って仕方なかったから。今でも「ぬい」といってぬいぐるみを大切にするだろう？　同じく、当時は抱《だ》き枕《まくら》があった。とにかく嵩張ったんだ。

さて、オタクの次に反応が早いのは資本主義市場だ。融合素材商法っていうのが流行《はや》った。オタク・ミキサーでの融合を前提に、微差しかないバリエーションを大量展開して、オタクに全部買わせようとしたんだ。

アクスタでも、笑顔でこちらに手を振っている、なんてポーズは出さない。笑顔素材、手振り素材、そうやってパーツを小分けに出す。もちろんボロクソに叩《たた》かれて、けれどもそれとは関係なく廃《すた》れた。廃れた理由は別にあった。

オタク・ミキサーを作動させる条件があった。オタクがそのアニメをしっかり愛していることが実は必要だったのだ。

オタクに心がないと、オタク・ミキサーは動かなかった。不思議だが、元から理を超えたところにある装置だから、そういうものだと皆が割り切った。

そうして時が過ぎた。オタク・ミキサーはアニメ・グッズを圧縮する実用性に乏《とぼ》しい面白グッズとして忘れられていった。俺もグッズを合成進化させ終わって、ミキサーを持て余していた。

でも、どんなものにもオタクっているもんさ。アニメ以外にもオタクがいる。ついに現れたのさ。オタク・ミキサー・オタクが。あれだけ不思議なものだから、無理もない。

彼らは様々なコンテンツを意識的に愛して、ミキサーでの融合を楽しんだ。ミキサーを動かせるくらいに、いろんなものをうっすら愛していた。本質的な愛じゃなかったけどね。

そうして毎日色々な配合を楽しんでいたのだけれど、ある日、あるオタクが気づいちゃった。自分はオタク・ミキサーを愛している。だったら、オタク・ミキサーにオタク・ミキサーを入れて、作動させることができるんじゃないか？

彼はすぐに実行した。

ミキサーを用意する。それぞれの投入口にミキサーを入れる。すると、出口からミキサーが出てきた。黄色いやつと赤いやつを入れたから、出たのはオレンジのやつ。当時オレンジのミキサーは市販されてなかったから、他のオタクは羨《うらや》ましがった。

でも当の本人は悲しがった。三つあったミキサーが二つに減ったから。


これは笑い話で終わるかと思ったが、失敗は成功の母とはよく言ったもので、社会問題の重要な転機となる。

理由は単純。オタク・ミキサーはものの個数を減らすマシンだ、という単純なことに気づくきっかけとなったのだ。世界に溢《あふ》れるゴミを、このマシンで一掃できる。

気づいたら早い。どんなものにもオタクっているもんさ。日本中を対象にゴミ愛好家探しが行われて、どうにか一人だけ見つかった。彼は桁違《けたちが》いの高給でゴミ処理場に召された。

そうして二個のゴミを一個のゴミにするという業務に就いた。毎日毎日ゴミを合成し、出てきたよくわからない塊《かたまり》を愛《いと》おしそうに眺《なが》めていた。


そうしてゴミ問題は解決した。いくつのゴミを捨てようとも、それは一つのゴミを捨てたのと同じだからだ。

社会は捨てるということを忘れた。ゴミを減らしましょう、ゴミは分別しましょう、そんな役目を終えた言葉たちは消えていった。


……それでも俺は、なぜか捨てるということをずっと意識していた。オタク・ミキサーに最初期に飛びついたくらいだ、捨てるという行為自体に一家言あったのかもしれない。

その日、電話に出た。かけてきたのはオタク友達だった。声が涙ぐんでいた。どうしたと聞くと、愛猫が死んでしまったと。

それから二時間くらい俺は猫エピソードを聞かされた。小さかったころの猫の話。初めて雪を見た日の猫の話。年老いて視力が悪くなり、柱に頭をぶつけた猫の話。幸せな生活が想像でき、猫も大往生だったのが分かったから、俺は油断していた。

友達は俺に猫の亡骸《なきがら》の処理について相談した。

俺は「捨てて」といった。咄嗟《とっさ》に口を突いて出た。あまりに冷たい響きだったから、二の句でリカバリーをしようと思ったが、その時にはもう通話は切られていた。


後から知った話だ。

猫を心から愛していた友達は、亡骸と琥珀《こはく》とを、ミキサーに入れた。

出てきたのは猫の琥珀だった。豊かな猫の毛に縁取られた、どこか遠くを見つめるような宝石だった。


オタク・ミキサーは入れられたものを受け継ぐ。だから完成品の中で、小さくなってもそれぞれの要素は生きている。

オタク・ミキサーはものを消滅させない。だから、未来に持っていけないものは、ちゃんと捨ててあげて、区切りをつけなきゃいけなかったんだ。

彼はミキサーに入り、心臓が琥珀になって死んだ。

だから捨ててと言ったのに。


その頃には部屋や社会にいくらかのゆとりができていて、短絡的に考えなくてよくなったから、原理不明のオタク・ミキサーを避ける風潮になっていた。改めて考えると恐ろしい機械だ。このオーバーテクノロジーを封印しようという動きになった。そうしてあっという間にミキサーは廃れた。

社会は風呂《ふろ》に入ったみたいに少し晴れやかになった。皆は捨てることを思い出し、だからミキサーのことを話さなくなったけど、俺はたまにこうして話すことにしている。

累犯家族

五十嵐律人

だから捨ててと言ったのに。

盗聴器を通じて、瀬那《せな》の声が聞こえた。まだ声変わりを迎えていない中学二年生の息子の高い声。その後には、小さな舌打ちが続いた。

妻の美佳《みか》が「そんなこと言わないで」とたしなめる。

「警察に目をつけられたらどうするのさ」

「ちゃんと考えてるから、大丈夫」

やはり、私に無断で空き巣に……。詳しい状況を把握するために、イヤホンを触りながら神経を耳に集中させた。

瀬那は、何を捨てさせようとしているのだろう。

「だからさ――」

「トイレに行ってくるね。ちょっと待ってて」

車のドアの開閉音。コンビニにでも立ち寄ったのかもしれない。それから数分間、微弱なノイズ音だけが流れた。不機嫌そうに携帯を弄《いじ》る瀬那の姿が頭に浮かんだ。

肌寒さを感じて、ストーブに火をつけた。

リビングのソファに座り、大きく深呼吸をする。

深夜十二時に目を覚ますと、息子と妻の姿が見当たらなかった。車庫から車が消えていることに気付き、私はすぐに盗聴器のスイッチをオンにした。

——最悪の事態に陥《おちい》っていないことを願いながら。


私たちは、家族三人で窃盗を繰り返してきた。

子供を守るのは親の役目。家族窃盗の理由も、その一言に尽きる。

瀬那の盗《ぬす》み癖《ぐせ》は、小学五年生の一学期に発覚した。机の引き出しに二十本以上のシャープペンシルが入っているのを美佳が見つけたのだ。クラスメイト全員と担任教師の筆箱から、一本ずつ抜き取ったのだという。

当然叱《しか》ったが、瀬那は次から次へと、他人の物を盗んできた。

フィギュア、スニーカー、バスケットボール、アルコールランプ……。学校、友人の家、スーパー。場所を選ばず、ターゲットにもこだわりはなく、定期的に窃盗を繰り返す。

「ダメだとわかってるけど、手が勝手に動くんだ」

そう投げやりに言う瀬那を、私たちはカウンセリングに連れて行った。だが、通院しても原因や対処法を明らかにできなかった。

中学生になっても窃盗癖は治らなかった。このままだと、強盗などの重罪を犯し、取り返しのつかない事態を招いてしまうのではないか。

不安が募《つの》り、息子と向き合うことを恐れた私に、美佳は驚愕《きょうがく》の提案をした。窃盗の衝動が抑えられないなら、私たちが瀬那の手助けをしましょう——、と。

更生を促《うなが》すのではなく、共に罪を犯す。

慌てふためくばかりの私とは異なり、美佳は息子の非行に胸を痛めながら、本人から話を聞いて状況を分析していた。

一度窃盗に成功すれば、次の衝動が訪れるまでに約一ヵ月の時間的な猶予が与えられる。一方、自作自演や被害者の承諾を得た模擬窃盗では欲求を満たせない……。

そして、家族が共犯になるという強行策に行き着いたのである。

さんざん悩んだ末に、私も覚悟を決めた。

犯行計画の策定。逃走経路の確保。アクシデントが起きた際の対応。私がブレーンの役割を担い、一ヵ月に一度の家族窃盗を成功に導いてきた。

ターゲットは、盗みやすさだけで選んでいるわけではない。生活に困窮していないか、報《むく》いを受けても仕方がない人物か……。自己満足にすぎないことはわかっている。それでも、何も考えないよりはマシだと自分に言い聞かせた。

通常の窃盗集団とは異なる行動原理が功を奏したのか、私たちの犯行が露見することはなく、綱渡りの平穏を何とか維持できた。

初めて窮地に陥ったのが一ヵ月前だった。犯行を終えた後、帰宅した住人と駐車場で鉢合わせしたのだ。瀬那と美佳は、先に現場を離れていた。

頭が真っ白になり、無我夢中で逃げた。夜道を全力で駆け抜け、五分以上経《た》ってから振り返ると誰も追いかけてきていなかった。

安堵《あんど》した瞬間、足首を捻《ひね》ってしまった。

全治二ヵ月の骨折。瀬那の衝動は怪我《けが》の完治を待ってくれない。やむを得ず、私は松葉杖《まつばづえ》をついて現場に同行し、二人のサポートに徹しようとした。

しかし、私の提案は瀬那に拒絶された。今月は、お母さんと二人で大丈夫だからと――。

何とか説得しようとしたが、瀬那の意志は固かった。

勝手な行動は許さないと釘《くぎ》を刺したが、納得したようには見えなかった。

美佳のジャケットに盗聴器を仕掛けたのは苦肉の策だ。犯行計画を二人で練っている様子がうかがわれたら、力尽くでも止めるつもりだった。

しかし、見通しが甘かった。

私が眠っている隙《すき》に、二人で家を抜け出すとは……。

今月は、隣町にあるラーメン屋の元店長宅に忍び込む予定だった。食中毒騒動を揉《も》み消《け》したことが発覚して営業停止処分を受け、解雇されるに至った人物だ。

木造の平家で侵入の難易度は低い。平日は明け方まで飲み歩いており、一人暮らしということも確認済み。

現場に向かっている途中なのか。それとも、既に犯行を終えて帰宅している途中なのか。GPS発信器も準備しておくべきだったと後悔した。

「さっきの話だけどさ」

瀬那の声が再びイヤホンから聞こえた。

「そう簡単には捨てられないよ」

「なんで？」

「……わかってるでしょ」

瀬那は、盗品を処分したがっているのかもしれない。部屋がゴミだらけで邪魔だと以前に相談されたことがあった。窃盗行為自体が目的であるため、戦利品に対する執着や思い入れはないようだ。

安易な場所に捨てると足がつきかねない。それに、盗品を保管し続けることで罪の意識が芽生《めば》えるのではないか。そう考えて、私は処分に反対していた。

「中途半端《ちゅうとはんぱ》なんだよ。いつもいつも」

「一生懸命やってるんだから」

「お荷物なんだって」

二人の会話が嚙《か》み合《あ》っていない。いや、私が前提を見誤っているのだろうか。

「そんな言い方しなくても……」

「本当のことを言って、何が悪いのさ」

苛立《いらだ》ちをあらわにした口調で、瀬那は続けた。

「空回りしてるのに、気付いていないじゃん。この前も、逃げ遅れて骨折とか……。あの人のせいで、俺らまで捕まりかねない」

ようやく気がついた。息子が捨てようとしているのは――。

否、切り捨てようとしているのは、私だ。

「必死なの。わかってあげて」

「悪者の家に忍び込んでルパン気取り。それが必死？　俺を利用して、自分に酔ってるだけだよ。母さんだってわかってるでしょ」

私が盗聴しているとも知らず、言いたい放題言ってくれる。誰のおかげで、逮捕されずに罪を重ねられたと思ってる。誰のために、危険を顧《かえり》みずに動いていると……。

「その話は、また今度ね」

「ダメだよ。もう仕掛けちゃったから」

「えっ……」

仕掛ける？　何の話をしているのだろう。

「気付いちゃったんだよね。盗品も一緒に捨てたら、一石二鳥だって」

「何をしたの？」

「理科の実験で先生に言われたんだ。アルコールランプは使い方を間違えると爆発するから注意しろって。俺、前に十個くらい理科室からパクってきたじゃん」

「爆発って……」

「家を出る前に、全部火をつけてきたんだ。そろそろだと思う」

何が起きているのかはわからない。ただ、脇《わき》の下《した》を冷たい汗が流れた。松葉杖をついて、盗品を保管している瀬那の部屋に向かった。

木製の扉を開くと、机の上に並んだ大量のアルコールランプが視界に入った。十個以上のオレンジ色の炎が静かに燃えている。灯油のような匂《にお》いもした。

消火するために、室内に足を踏み入れた。直後、アルコールランプが破裂した。ガラスが飛散する。さらに爆発が連鎖した。

やがて火柱が立ちのぼった。フィギュア、スニーカー、バスケットボール……。盗品が次々と炎に飲み込まれていく。

松葉杖を落としてしまった。這《は》いつくばってでも逃げなくては。

自分以外に頼れる人間はいない。

イヤホンを外す直前の瀬那の声が、耳にこびりついている。

「邪魔物は、まとめてポイだよ」

重政《しげまさ》の電池

荒木あかね

だから捨ててと言ったのに。母君の冷淡な声が聞こえたような気がした。

床に伏した芹奈《せりな》殿の脇腹《わきばら》には、包丁が深々と刺さっていた。血の池はみるみる広がり、拙者の前脚を濡《ぬ》らす。芹奈殿との極彩色の思い出が、走馬灯のように胸中を過った。


げに小さき箱の中に閉じ込められた拙者を芹奈殿が見つけてくれたのは、十二年前のこと。売り場には拙者よりも愛らしい目をした者、手触りのよい毛皮を持つ者があまたあったが、芹奈殿は無骨な顔つきの拙者をお気に召した。芹奈殿の母君は気が進まないようであったが、芹奈殿が「大切にするから」と泣き落としにかかったものだから、流石《さすが》に兜《かぶと》を脱いでしまった。

芹奈殿は「トイプードルのくせに武士みたいな顔」と言って、拙者に重政《しげまさ》という仰々しい名をつけた。当時小学一年生であったにもかかわらず、渋《しぶ》いネーミングセンスである。

芹奈殿は歴史以外の勉学はからっきしで、拙者と遊《すさ》ぶことを何より好んだ。毎朝、登校時間が近づいてくると「行きたくないよぉ」と泣きついてきたし、帰宅すると一番に拙者を抱き締め、その日がどんなに辛《つら》い一日であったか諄々《じゅんじゅん》と語った。芹奈殿は家にご学友を連れてきたことが一度もなく、拙者はそのことをいささか案じていたのだが、ひとたび芹奈殿が拙者の腹を撫《な》で擦ればそんな心配は吹き飛んでしまい、気づけば「ワン！」と応《こた》えていた。

芹奈殿の母君は有名進学塾で社会科の講師を務める、聡明《そうめい》な女性であった。口癖《くちぐせ》は、「そんなことしてる暇あったら勉強して」。母君にとって、芹奈殿が勉学に倦《う》み拙者と戯《たわむ》れているというのは、尋常ならざる事態であった。母君が「鳴き声がうるさい」とお叱《しか》りになるので、芹奈殿は拙者に吠《ほ》えさせるのをやめた。

芹奈殿が中学校に入学するとき、このままでは将来に障《さわ》ると感じたのであろう、母君は拙者を芹奈殿から遠ざけようとした。

「従妹《いとこ》のカナミちゃんまだ小さいでしょ。それ、あげたら？」

しかし芹奈殿は烈火の如《ごと》く怒った。

「捨てろって言うの？　重政はわたしの家族なのに！」

芹奈殿は人付き合いが不得手な子どもであった。中学二年の夏休み明けからいよいよ学校に馴染《なじ》めなくなり、日がな一日部屋に籠《こ》もって拙者とお喋《しゃべ》りするようになった。

高校には進学したものの学校はサボりがちで、母君との関係は冷えていった。畢竟《ひっきょう》する に母君は、「あれを買い与えたせいで芹奈が狂った」と考えているようであった。芹奈殿は重政のせいじゃないと言ってくれたけれど。理を重んじる母君とは対照的に芹奈殿は夢見がちで、「お母さんが無駄と切り捨てるものの中にはピカピカの宝物がたくさん交じっている」とよく口にしていた。

高校卒業と同時に、芹奈殿は拙者をしかと小脇《こわき》に抱《かか》え、母君と暮らしていたマンションを飛び出した。ほとんど家出である。

「最近お母さん、重政を捨てろってうるさいの。私にとって重政がどれほど大切か、永遠にわかってくれないよ」

だからもういいの。芹奈殿がこぼした言葉を、未《いま》だ忘れることができない。相承知いたした、拙者はずっと芹奈殿の味方でござると伝えたくとも、自ら鳴くことはかなわなかった。

芹奈殿はしばらくネカフェを転々としていたが、やがて駅前でナンパしてきた川本何某《かわもとなにがし》という男の部屋に転がり込んだ。六畳一間の安アパート。隣室のチャイムや洗濯機を回す音、いびき、くしゃみまで漏れ聞こえてくるほど壁が薄かった。

川本は酔うと芹奈殿に狼藉《ろうぜき》をはたらいた。暴力は日増しに激しくなっていき、拙者も腸《はらわた》が煮えくり返る思いではあったが、この身では物申すこともできない。

そして今日の戌《いぬ》の刻。川本の仕打ちに耐えかねた芹奈殿は拙者を腕に抱き、逃げ出そうとした。すると川本は激高し、にわかに台所の包丁を抜いて芹奈殿を刺したのだ。芹奈殿は電池の切れた玩具《がんぐ》のようにゆるりと倒れた。川本は自分がしでかしたことに恐れをなし、泡《あわ》を食って部屋を飛び出していった。

息も絶え絶えの芹奈殿は助けを呼ぶことさえできなかった。雪解け水が川に落ちていくように血が流れていく。されど拙者は床に尻《しり》をつけたまま、芹奈殿に近づくこともできない。

記憶の中の母君は、苦痛に喘《あえ》ぐ芹奈殿を見下ろし、冷たく言い放つ。

だから捨ててと言ったのに。

芹奈殿は道を違《たが》えてしまったのだろうか。拙者を愛したせいで不登校になり、母君と仲違《なかたが》いし、挙句悪い男に捕まったのだろうか。もっと早く拙者を手放していれば、あるいは。

――そんな悲しいことがあってたまるか。待たれよ、芹奈殿！

拙者の内なる声が通じたのか、芹奈殿は這《は》いずりながらこちらへ近づいてくる。重政、重政と掠《かす》れた声で名を呼ぶ。血の付いた手を伸ばし、そっと拙者の腹を撫でた。

震える指が腹毛に埋もれたスイッチを押す。その刹那《せつな》、拙者は「ワン！」と吠えた。何年も鳴いていなかったせいでひび割れてしまった声。拙者は助けてくれと叫ぶ代わりにひたすら、機械《エレキテル》の声でワン、ワン、ワンと吠え続ける。

扉の開く音が聞こえた。


目を覚ました瞬間、真っ先に視界に飛び込んできたのはサイドテーブルの上に載った重政だった。私はベッドに横たわっている。ここは病院か。

「……重政」

「本当にあんたは、重政ばっかりね」

ベッド脇のパイプ椅子《いす》に母が腰掛けていた。私は驚きのあまり、声を上げることもできなかった。

「あんたの横で、これが鳴き続けてたんだってね」

母は横目でちらりと重政を見る。

「こんな壁の薄いアパートで犬を飼っているのかと、隣の部屋の人が不審に思って訪ねてきたんだって。それで倒れたあんたを見つけて通報してくれたの。これ、電池を抜くまでずっと吠え続けてたから、お隣さんも気味悪がってた。乾電池を入れっぱなしにしていたから、電解液が漏れだして不具合を起こしてたみたいね」

母君、それは液漏れによる誤作動ではなく、拙者の遠吠《とおぼ》えにございます。我ながらあっぱれのはたらき！

——なんてね。

重政の「内なる声」と称して頭の中で都合のいいことばかり喋《しゃべ》らせるのは、幼少の頃からの癖のようなものだった。重政は、電池式の犬の玩具。腹毛の下に隠れたスイッチを押すとワンと吠える。

玩具売り場で重政と目が合った瞬間、運命だと思った。無骨ながらもどこか凛々《りり》しい顔をした重政。武家言葉で喋る、私のたった一人の親友。重政になら何でも打ち明けられたし、重政がいればどんなに辛《つら》いことがあっても耐えられた。

母は、いつまでもお人形遊びを卒業しない私を心配した。もう芹奈には向いてないと思うよ。年相応の遊びをしてみたら。いつまで玩具に話しかけるつもりなの。いいからそれを捨てなさい！

傍《かたわ》らの母の顔を見やる。墨で書いたように、目の下に濃い隈《くま》が浮いていた。会うのは一年ぶりだった。

今だって母は、きっと呆《あき》れているのだ。どこぞの馬の骨とも知れない男に刺された馬鹿《ばか》な娘を目の当たりにして、呆れ果ててものも言えないから、代わりに目に涙を溜《た》めている。

「看護師さん呼んでくるから。ちゃんと寝てなさい」

母は椅子から腰を浮かすと、重政の腹を撫でた。

「あんた、甚三郎《じんざぶろう》に感謝しなさいよ」

「重政だってば」

そういえば、どうして重政が病室にいるのだろう。

母の親指がスイッチに触れた瞬間、重政は「ワン！」と鳴く。その鳴き声は、アパートで聞いたときよりも幾分かクリアに響いていた。

「お母さん、重政の電池換えたの？」

お心遣い痛み入ります、母君。どこからか重政の声が聞こえたような気がした。

その。をよく見ろ

似鳥鶏

だから捨ててと言ったのに。フナを持って帰ってきた。餌《えさ》にするために。ネズミも捕まえてきた。生きた餌の方がいいと言っているけど。私はぞっとする。。。

結局。フクは山王鉢《さんのうばち》公園に放してきてもらった。うちでは無理だ。

過去に担当した事件の資料を漁《あさ》っていたら、変な日記が出てきた。「。。。」。何だこの表記は。

だが、すぐに思い出した。そういえば三十年ほど前に「日本語効率化運動」というのがあったのだ。日本語は難しくて外国人観光客に不評だ。だから簡略化する。縦書きでも数字はすべて算用数字で。『―』『ー』『-』は『-』に統一。『‥』『…』はすべて『。』の連続で表記する。等々。文化庁が旗振りをして、一時は『お』と『を』なんかも統一しろという流れになっていたはずだ。当然、学会や教育界その他からは総スカンだったわけだが、官公庁などでは一時期、本当に導入されていた。さすがにあまりに不便だったため、二年くらいで撤回されたと思ったが……。当時は、政府の方針に合わせてそういう日本語を使う人もいた。

日記でまでやるとは真面目《まじめ》なことだ。

だが、これは今、調査中の事件には関係ないだろう。一つ伸びをして立ち上がり、椅子《いす》の背にかけていたジャケットをばさりと羽織《はお》った。やはりまず一度、現場を見ておかなくては。


深夜の山王鉢公園は暗く、静かで、もちろん誰もいなかった。もともと郊外の住宅地の、さらに外れにある公園だ。この時間帯では目撃者も期待できない。

うちで現在、調査中の事件の現場である。被害者は近所に住む大学生。帰宅途中、たまたま通ったこの公園内で何者かに襲われ意識不明。翌朝には意識が戻り、外傷も顔と頸部《けいぶ》にいくつかの擦り傷があるだけだったため、すでに退院している。だが、事件時の記憶をなくしていた。

これが問題だった。発見時、彼の体はずぶ濡《ぬ》れであり、池に突き落とされたか、殴られて意識を失ったところを池に落とされたとみえ、警察は殺人未遂も視野に入れている。だが目撃者が全くない。被害者は極めて真面目な普通の学生であり、人から恨みを買っていた様子もない。財布はなくなっておらず、物盗《ものと》りの線も薄い。無差別の通り魔、という可能性も考えられたが、あの手の連中は「誰でもよかった」と言いながらもしっかり抵抗しなそうな女性を選ぶのが常であって、ラグビー部所属、百八十四センチ百二キロの被害者を狙《ねら》うとは考えにくかった。

捜査は難航し、被害者の両親がうちに相談に来たわけだが。

見ての通り、事件が発生した時間帯に現場に来てみても、手がかりは全くなかった。「山王鉢公園」という場所に覚えがあったため過去の資料を検索してみたのだが、出たのは前出の日記だけ。三十年前に受けた人捜しの依頼で、失踪《しっそう》した妻を捜してほしい、とのことだったと思うが、彼女は数日後にひょっこり戻ってきて、そのまま解決した。ただの家出だったはずだ。

だが。ライトで池の水面を照らしながら思う。あの日記が妙に気になる。

水音がぽちゃりと鳴り、暗がりから波紋が広がってくる。

……そう。あの日記の記述は、変だ。


フクの時もそうだった。そんなもの。これからどこまで大きくなるかわからないのに。大きくなったら。どこで飼うのか。

だから捨ててと言ったのに。フナを持って帰ってきた。餌にするために。ネズミも捕まえてきた。生きた餌の方がいいと言っているけど。私はぞっとする。。。

結局。フクは山王鉢公園に放してきてもらった。うちでは無理だ。

三十年前の件の依頼人宅ではネコを飼っていた。だから日記の内容を素直に読めば、拾ってきたネコを捨てた、という話に見える。この時点で動物愛護法違反だがそれは今はどうでもいい。それよりも。

タブレットを出して文章を確認する。「。」が多すぎはしないか。

「……いや、そうか」

忘れていた。「日本語効率化運動」に伴う表記の統一は「ー」や「…」だけではなく、一部では「句読点の統一」まで踏み込んでいたのだ。「、」と「。」が二種類あるのは無駄だから、すべて「。」にしよう、という。

つまりこの日記の一行目も、正しくはこうなのだろう。


フクの時もそうだった。そんなもの、これからどこまで大きくなるかわからないのに。

だとすれば二行目の「だから捨ててと言ったのに。」も、本当は「だから捨ててと言ったのに、」だった可能性がある。つまり、正しくは。


フクの時もそうだった。そんなもの、これからどこまで大きくなるかわからないのに。大きくなったら、どこで飼うのか。

だから捨ててと言ったのに、フナを持って帰ってきた。餌にするために、ネズミも捕まえてきた。生きた餌の方がいいと言っているけど、私はぞっとする…

結局、フクは山王鉢公園に放してきてもらった。うちでは無理だ。

こうなる。

私は首をかしげた。だとすると意味が変わってきはしないか。これでは三十年前、依頼人宅で飼っていた「フク」はネコではなく、フナだということになる。

三十年前の仕事だが、頭を捻《ひね》って記憶を喚起する。そう。確かに依頼人宅にネコはいた。だがあれの名前は確かめていない。それに日記のこの記述。ネコを「放してきた」というのは、言い回しとして少し変だ。「大きくなったら、どこで飼うのか」というのも、ネコに対して言うことだろうか？

だが、「フク」がネコでなく、フナだったとすると、今度はおかしなことになる。

だから捨ててと言ったのに、フナを持って帰ってきた。餌にするために、ネズミも捕まえてきた。

これではフナの餌にするためにネズミを捕まえてきたことになってしまう。フナは草食だ。「……いや、考えられなくはないが……」

タブレットの画面に顔を照らされながら呟《つぶや》く。小鳥を食べるウシの動画、というのを見たことがある。ネコも草を食べる。「肉食／草食」というくくりは絶対ではなく、あらゆる動物は、厳密には雑食だ。個体や状況によっては、フナがネズミを食べることもありうるだろう。ゲンゴロウブナは体長六十センチの個体が確認されているし、生きれば生きるほど大きくなるから、長命の個体はそれ以上になる可能性もある。

ぽちゃり、と水音がして、半球形の泡《あわ》が水面を滑《すべ》ってくる。

「……あの時の依頼人、そんなのをこの池に放したのか」

やれやれだ、と思う。そもそも動物を「放す」という行為は、場所や種がどうあれ、環境を汚染する危険が大きい。三十年前のあの依頼人、もう顔も思い出せないが、無責任な男だったようだ。妻が家出したのも、そのあたりに原因があったのかもしれないが……。

「……今やってる事件とは、関係がないな」

そう声にして呟きながらも、何か引っかかっていた。

フナという魚は三十年生きることも珍しくなく、最長で五十年という記録もある。

つまり、三十年前にここに「放」されたフクも、まだ生きている可能性があるのだ。当時ですらネズミを食べるほどの個体が……。

背後で大きな水音がした。私が振り返るのと、衝撃とともに視界が真っ暗になるのが、ほぼ同時だった。


まあ、なんというか、その後は大変だった。

いかに巨大とはいえ、まさかフナごときが人間様を食おうとするとは思わなかった。あまりのことにブチ切れてしまい、樹に叩《たた》きつけて成敗した後、馴染《なじ》みの割烹店《かっぽうてん》に電話をかけてしまったのだが、店主の声で落ち着きを取り戻した私は110番し、警察がビニールシートで作った即席の大型水槽に巨大フナを——三十年前の依頼人が捕まえてきて「放した」フクを捕獲し、最寄りの水族館に移送した。

だが、収穫はあった。巨大フナの話をしたら、被害者が記憶を取り戻したのだ。彼もまたフクに襲われ池の中に引きずり込まれたが、恵まれた体格が幸いし、吐き出されたのだという。

　事件は解決した。ニュースにもなった。そろそろ引退したいのだが、また仕事が増えそうだ。

　フクはと言うと、検疫の後、引き取った水族館の新たな目玉展示として、観光と研究に大いに貢献している。飼育員を呑《の》み込《こ》もうとする悪癖があり、飼育には苦労しているそうだが。

East is East, and

皆川博子

だから捨ててと言ったのに。

って、ジジが怒っているんだが、と夫が困惑した顔で言う。

前庭での話し声は父のいる居間まで届きはしない。その上、父は耳が遠い。それでも夫は声をひそめた。「捨ててと言われたから、俺、捨てたんだけど」

青い花が盛りの紫陽花《あじさい》の大株に水をやりながら、「何を」と訊《き》いた。

「あれ」

「あれ？」

「そう。あれ」

花陰《はなかげ》から天道虫《てんとうむし》が飛び立った。

「『捨ててと言ったのに』と怒りながら、『持ってこい』って言うんだ」

「ジジ、ますます壊れてきたかな」

「君では話がわからん、ナナを呼べって言ってきかないから、はい、呼んできますってごまかして出てきた」

溜息《ためいき》で応《こた》えるほかはない。ナナは、もういない。

三十数年前、社宅住まいだった夫とわたしの間に女の子が生まれたとき、母は五十代半《なか》ばだった。初孫の誕生をたいそう喜びはしたが、おばあちゃまだのバアバだのと呼ばれるのは嫌だと言った。わたしは高校二年の一年間を、交換留学生としてオーストラリアで過ごした。ステイした家のおばあちゃんは、ナナと呼ばれていた。

それ、どう?

英語圏で、子供がおばあちゃんや乳母《ばあや》を呼ぶときの呼称であり、ピーターパンに登場する乳母がわりの犬もナナだ。ちょっとまずいかな、と思ったが、
いいね。

で、ナナと決まった。

母より九歳年上の父は、ジジという爺臭《じじくさ》い呼び名を受け入れた。

その後もうひとり女の子が生まれ、やがて、それぞれ自室を必要とする年齢になった。社宅は狭い。夫の郷里は関西で、老親の世話は夫の長兄夫婦が引き受けている。わたしが生まれ育った実家は東京郊外の住宅地にある。敷地《しきち》は充分に広いけれど、古家は凄《すさ》まじい状態になっていた。台所（キッチンじゃない。台所だ）の排水設備が壊れて、流し（シンクじゃない。流しだ）の水が洩《も》れ、根太《ねだ》が腐って床が傾き、勝手口の戸が歪《ゆが》んで開かなくなり、玄関の扉も施錠したまま壊れたのか開かず、父と母は庭に面した居間の硝子《がらす》戸を出入り口にしていた。外から鍵《かぎ》をかけられないのだから、何とも不用心だ。

二世帯住宅に建て替えることを、わたしは母に提案した。わたしは一人っ子なので、両親が老いたら何かと世話が必要になるだろう、一々電話で呼びつけられるより、という気持ちもあった。母は父に相談することもなく、いいね、と即答した。地所は祖父から母が相続したものだ。古家を壊して撤去し、跡地に二世帯住宅を新築する。その間、父と母はどこかに仮住まいする。持ち物の整理やら、適当な賃貸マンション探しやら、そのほとんどをわたしは引き受けた。玄関の扉が開かないと荷物の運び出しに不便だ。密室の閉ざされた扉を〈蹴《け》破《やぶ》る〉というシーンがミステリにあるけれど、実際に目にすることができた。若い運送業者が、扉を力任せに蹴り飛ばし、錠ごと壊して開けたのだ。すがすがしかった。

二世帯住宅の暮らしは、けっこううまくいっていた、とわたしは思う。わたしたちは下の一部と二階、父と母は下。玄関も別々にし、家の中も、自由に行き来するための引き戸が一つある他《ほか》は全部別だから、互いに干渉なしで過ごせた。雑草園になっていた庭を夫が菜園にし、玄関の前庭にわたしが花壇をつくった。勤めがあるから、庭の作業は日曜日だけだった。

下の居間に据えた新調のソファが父は気に入り、座りこんでテレビを見る毎日になった。食事も上と下は別々にした。日曜日、夕食のとき夫が言った。「昼間、庭で胡瓜《きゅうり》をもいでいたら、居間でジジとナナがなんだか言い合っていて、よく聞こえなかったんだが、ナナが『そんなこと言ったら、ジュリが可哀想《かわいそう》でしょ』と大声を出したんだ。それだけ聞こえた。何の話だったのかな」自家栽培の胡瓜は、形は悪いけれど瑞々《みずみず》しい。

樹里《じゅり》というわたしの名は、生まれ月の七月に因《ちな》んで母がつけた。翌日、わたしは母に訊いてみた。「わたしたち、躰《からだ》が不自由になったら施設に入りましょうね、って言ったら、ジュリがいるだろう、と、世話させるのが当然みたいにジジが言ったの。それでわたしが怒ったの。そういうこと」

後期高齢者臨死介助法が議会で決議されたのは、その後、いつだったか。申請して許可証を受領できるのは七十五歳以上、使用は八十歳から。あくまでも希望者だけで、申請するのが本人であることを役所の窓口が確認し――マイナンバーカードの提示が必須《ひっす》――許可証を発行する。紛失しても再発行はしない。この許可証により、医師は自殺幇助《ほうじょ》の罪に問われることがなくなる。同調圧力だの周囲からの強制だので、本人は望まないのに許可証を取得・使用せざるを得ない事態が生じると野党が極力反対し、テレビの討論会などでもこんな法は人倫《じんりん》に悖《もと》ると語気強く詰《なじ》る論者が多いのだが、匿名によるアンケートやSNSなどでは、賛成の声が圧倒的に多かった。許可証を所持する本人が医師に渡すのが不可能な状態のとき、誰が代行するのか、など曖昧《あいまい》な点が多いまま法案は議決された。役所の準備が調うと、母はすぐに申請し許可証を手に入れた。よく理解していない父もそれに倣《なら》った。母は以前から、死ぬ前の長い苦痛がいやだ、尊厳死が許されるといいと言っていた。

母は大動脈解離とかで、あっさり逝《い》った。激烈な痛みを訴え救急車で運ばれたが、病院に到着する前に終わった。規則どおり許可証は役所に返納し、生前の母の希望に従って葬儀は行わず、海に散骨した。お寺さんを大事にする家風で育った夫は不服顔だった。

テレビと向かい合ったソファには、父の臀《しり》の形の凹《くぼ》みができた。丸い凹みは日毎《ひごと》に深くなり、今では、底板が見える穴にお尻《しり》がすっぽり嵌《は》まり込んでいる。そのうち底板は腐って抜け落ちるだろう。父はときたま許可証を眺《なが》め、これは何だ？　というふうに眉《まゆ》をひそめる。

それを、夫に渡したのだ。夫は数年前定年退職し、一日中暇だ。わたしは非正規の仕事をやめ、家事と、座ったきり老人の世話に追われている。

わたしは思い出した。わたしたちの結婚式の席で夫の上司がスピーチした。「褒めてくださいと新郎本人から頼まれたのですが、何を褒めたらいいんだか」ドジのエピソードしかなかったらしい。「保管して、と書類を彼に渡したんです。その後必要が生じたので、あれを持ってきてくれと言ったら、捨てました、と言うんだ。ほかしてと言われたから、ほかしました、って」このスピーチは、夫とその親族以外の客に受けていた。

父は、かつては会社の役員だった。保管して、と部下に命じることは多かったのだろう。「東京では、捨てることを〈ほかす〉とは言わないの、忘れた？　あれ、屑籠《くずかご》にほかしてあったから食器棚の抽斗《ひきだし》に保管しといた。ジジに返して」ほっとした顔で、軽い痛みをなだめるように腰をさすりながら、夫は家に入っていった。Oh, East is East, and West is West, and never the twain shall meet,（ラドヤード・キプリング）。ポケットのスマホがメールの着信を知らせた。会社で仕事中の次女から、チーズケーキのリクエストだ。夕食の買い物に追加。ラジャーと返信する。大学の事務員をしている長女は他人を喜ばせるのが好き。次女は自分を喜ばせるのが好き。

あの書類をどういうときに使うのか、父はわかっていないだろうな。わたしが自分のを申請するのは、まだかなり遠い先だ。夫の意志は確認していない。父のように言うのだろうか。ジュリがいるじゃないか。発表された統計によると、臨死介助許可証の申請者は今のところ、女性のほうが多いそうだ。

庭仕事に関心の無かった母だが、前庭の花壇は嬉《うれ》しかったのだろう、紫陽花の小さい苗を買ってきて、隅《すみ》に植えた。

大株となり咲きこぼれる青い紫陽花の一枝を、わたしは剪《き》った。わたしの花瓶《かびん》に挿そう。

靴

清志まれ

だから捨ててと言ったのに。

眼前に転がり落ちてきたその言葉に、私が表情を変えることはない。

侍従《じじゅう》にとって驚くという行為は、崖《がけ》の先へと身を乗り出すような危うい振る舞いだ。私は驚かない。そう決めたのだ。この国でもっとも高貴な、この家族の前に跪《ひざまず》いたときから。

見てはならぬもの。知ってはならぬもの。聞いてはならぬもの。

私の職務において、それらは実にありふれている。

だが、ありふれているという事態がこの身を甘やかすことはない。

見てしまった、知ってしまった、聞いてしまった。無遠慮にまとわりつく「しまった」の数々をうまく手懐《てなず》けることができず、首を刎《は》ねられた仲間を何人、今までに目にしてきたか。

代々、侍従を担ってきた家の子として生まれ、侍従として生きるのは宿命だった。

父は言った。お前の眼球には、お前の喉元《のどもと》には、お前の耳穴には、いついかなるときも王家の刃《やいば》の切先が立てられている。息子よ。微笑《ほほえ》みを顔に貼《は》りつけよ。微笑みですべてを堰《せ》き

止《と》めるのだ。お前の心の臓からこぼれ出す感情は、一滴たりとも外には漏らすな。手《て》

皇太后の前に差し出した「ガラスの靴」を赤い絹のハンカチーフで包み、木箱に戻す。捌《さば》きに乱れがあってはならない。木箱の鍵穴《かぎあな》に銀色の鍵を差し込む。鍵が閉まる音が、がらんとした広間に響く。少し安堵《あんど》する自分がいる。傍《かたわ》らに直立して控《ひか》える衛兵に木箱を渡す。衛兵は生きる燭台《しょくだい》だ。木箱を両手に抱《かか》えたまま、微動だにしない。

跪く。頭《こうべ》を垂れ、しばし無言。私は無言のうちに、先ほどの主の〝独《ひと》り言《ごと》〟を反芻《はんすう》した。捨てててと言ったのに、か。

「それで、あの子の様子はどうなのです。息災ですか」

侍従は主の〝問いかけ〟には応《こた》えねばならない。皇太后がこちらを見下ろしている。

「王女殿下《でんか》に於《お》かれましてはお変わりなく、健《すこ》やかにお過ごしあそばされているとのこと」

「そうですか。生まれくる我が孫に会えるのを楽しみにしています。そう伝えなさい」

「仰せのままに」

皇太后もまた、微笑んでいた。

お美しい。皇太后を前にすると誰もが決まりきったようにそう呟《つぶや》く。

すでに老いに侵され、齢《よわい》にふさわしい皺《しわ》もあり、くすみもあるその顔《かんばせ》に、人々はぺたぺたと札を貼《は》り付《つ》けるようにして「お美しい」という言葉を重ねる。背筋が伸びていて、姿勢だけは凜《りん》とした姿を保《たも》っているのが、余計に「お美しい」の札を貼りやすくさせている。その札の隙間《すきま》から漏らしたであろう先ほどの〝独り言〟は、もはや過去の海に流れて消えた。

このひともまた、微笑みですべてを隠している。黙礼しながら、私はそう思った。

亡き先王と皇太后のもとには子が二人いる。

ひとりは当代の王。もうひとりは兄とは歳が離れた、若き王女だ。

十四になる頃に隣国の王家に預けられた。隣国とのあいだの不戦の盟《めい》は、そのとき結ばれたものだ。条文には三年という月日が記されていたが、昨年、盟は破られることなく更新された。破られれば、若き王女の首と胴も、盟と同じく切り離されていただろう。

「あの子が、かの国の皇太子にみそめられ、子を宿したるはまさに天佑《てんゆう》です。誠に喜ばしい」

母に似て色白で、頬《ほお》の赤みがあどけない、可愛《かわい》らしい王女だった。幼《おさな》い頃から極端に口数が少なく、宮仕えの者たちのなかには、言葉の発達が遅れているのではないかと心配する者さえいた。あのうぶな姫君が、はたして異国で……。

だが、隣国の王家から伝えられる王女の姿は、その危惧《きぐ》を霧散させた。

王女は甚だ聡明《そうめい》なり。その堂々たる振る舞いに皆が心奪われている。国と国とがやりとりをする文は大仰な書き振りとなるのが常だが、それを差し引いたとしても、便りの行間には王女の奮闘ぶりが滲《にじ》んでいた。王女は王女で、異国で生きながらえようと必死であがいたか。

「これもまた、亡き先王の御心《みこころ》が宿る、ガラスの靴がもたらした恵み。やはり靴を……あの子に持たせてよかった」

「御意」

王女の旅立ちの際、皇太后は王家のえにしを結んだ宝、「ガラスの靴」を娘に授けている。「ガラスの靴」はそれを履く者を幸福へと導く。かつて、ある少女がその証明を成した。

シンデレラ。

もはや口にすることさえ憚《はばか》られる、皇太后のかつての呼び名。下級貴族の屋敷の片隅《かたすみ》で灰をかぶって働いていた小娘は今、この国の母となった。

南瓜《かぼちゃ》の馬車。鼠《ねずみ》の御者《ぎょしゃ》。奇術をあやつる老婆。そして、ガラスの靴。

民のあいだで流布している物語はどれも、いささか御伽《おとぎ》めいている。

だが、民が熱狂するには、それくらいでよかったのだ。自分たちと同じ、みすぼらしい服を着た小娘が「ガラスの靴」を履き、幸福の階段を駆け上がる。宮殿の煌《きら》びやかな輝きの中で舞い、王の妃《きさき》となる。まさに紙芝居のごとき夢物語。

民が気にするのは「信じられるか」ではない。「信じたいと思えるか」だ。

偉大なる先王はそう言った。

妃を民から選ぶ。先王がそう宣言したとき、貴族たちは慌てふためいたが、民は童《わらべ》のようにはしゃぎ、手を叩《たた》いて喜んだ。己の厳しい暮らしをひととき忘れるために、腹をすかせた民が貪《むさぼ》るにはちょうどいい夢だった。夢には現実の生々しい悪臭など、匂《にお》ってはいけない。

小娘が妃になる。在るのはその事実だけでよかった。夢は夢らしく、甘い香りをばら撒《ま》いてくれればいい。夢だとわかりながら騒ぐときほど、人間は陽気に狂うものだ。

そして、その熱狂こそ〝力〟となる。政《まつりごと》を動かす、追い風に。

先王はそれをよく知っていた。先王は民の〝欲〟を扱うのが上手《うま》かった。

「この国の皆とともに、今大いなる幸福を分かち合えることを、わたくしは嬉《うれ》しく思います」

紙芝居の主人公が目の前で微笑んでいる。

先王から与えられた靴で、このひとは踊ったのか、あるいは踊らされたのか。

「偉大なる皇太后陛下。恐れ多き御言葉。その御心に愛される民はこの世において最も幸せな民であります。民もまた、奉仕の真心を携えて、永遠《とわ》に陛下とともにありましょう」

無感情に唇《くちびる》は動くから、嫌になる……とは私は思わない。皇太后と侍従。微笑みで素顔を隠す二人が向き合って、外から見れば滑稽《こっけい》だろうか。私にとって、この関係こそが臣従なのだが……。隣の衛兵は相変わらず動かない。腕には「ガラスの靴」が入った木箱。

皇太后が王女に靴を持たせたのは、娘を守ろうとする親心である、とされている。

「ガラスの靴」はもはやこの国の幸福の象徴だ。それを王女もろとも砕《くだ》けば、この国の民衆が怒りとともになだれこむ。靴があれば、かの国も王女に手は出せまい。

だが、それほど危うい地に、この貴人が娘を贈ったこともまた事実だ。

皇太子との婚姻により、王女は妃となった。妃とはつまり〝人質〟の最上級の呼称だ。

今、懐妊の報《しら》せとともに王女は「ガラスの靴」を送り返してきた。

――皇太子殿下の御慈悲に恵まれた私には、もはや靴のご加護はもったいなきこと――

あの若き姫君は二度と祖国に帰らぬつもりではないか。

私は踊らない。お母様のようには。王女はそう言いたかったのではないか。

ああ、これも、口にしてはならないことだな。私は静かに鼻から息を吐《は》いた。

「本当にそうでしょうか」

吐いた息を吸うことができなかった。心のなかを読まれるわけはない。だが、心中の呟きを聞かれたような言葉に、全身が硬直する。

「民はわたくしとともにあるのではなく、先王の遺《のこ》した夢とともにあるのです。わたくしは、その夢のなかで踊っただけ……」

床につかんばかりに、低く頭を下げた。

「ガラスの靴がなければ、わたくしは踊れなかったのですから……。ですが、侍従よ。いいですか。あの子は靴がなくとも踊れるのです。なんと……すばらしいことでしょう。靴がなくとも、幸せになれるのです。本当によかった。靴を脱いで……あの子は踊れるのです」

頷《うなず》けばよいのか、首を振ればよいのか。私にはわからない。

今、皇太后はどんな表情で言葉を連ねているのだ。

「わたくしも靴を脱いで、踊ってみたかった……。自分の命を、踊ってみたかった……」

だから捨ててと言ったのに、か。

力の入った口もとを必死で緩《ゆる》め、顔を上げた。

私は息を呑《の》んだ。そこには微笑みのまま涙をこぼす、老婆がいた。

恋文

金子玲介

だから捨てててと言ったのに。

亮也《りょうや》は日替わりメニューの脇《わき》に貼《は》られた便箋《びんせん》を剝《は》がし、学ランのポケットに突っ込む。

なんで。

なんでこれがここに。

「おーい徳永《とくなが》」

心臓が爆音で鳴る。隣にいる山岸《やまぎし》の声が、遠く響く。

「どうした？　食券買わねぇの？」

見たのか？　見たよな？

視界が端《はし》から白くなっていく。

「徳永〜？　お〜い」肩を強く揺すられ、視界が戻る。「具合悪い？」山岸は普段と変わらない、弛緩《しかん》した笑みを浮かべながら、心配そうに亮也を見ている。

「大丈夫」……気づいてない、ってことか？「寝不足で、くらっとしただけ」

「なんだよ〜。ちゃんと寝ろよな〜」山岸がメニュー表に向き直る。「うわっどうしよう。

担々《たんたん》ハンバーグうまそうじゃね？　あーでも貝だし塩ラーメンも捨てがたい」

「ぷにょぽん」

そう呼ばれ、背中を小突かれる。

振り返る。

野球部で同期だった中村《なかむら》が、これ以上ないほどにニヤニヤして、亮也を見ている。

最悪だ。

くしゃくしゃにした紙を、ポケットの上から触る。見られていた。

返す言葉を探せずにいると「ぷにょぽん？　ぷにょぽんて何？」山岸が騒ぎはじめる。

「あれ？」中村がコルクボードの余白に目を遣《や》る。「もう剝がしたん？」

声が出ない。「……見た、のか？」どうにか、掠《かす》れた声を出す。

「さすがに面白すぎるから、写真撮って野球部の同期ＬＩＮＥに流しといたわ」中村が悪魔のように笑い「じゃあな、ぷにょぽん」学食を去っていく。

うるさいから通知を切っている同期ＬＩＮＥをひらく。未読95件。恐ろしい速さで進んでいく会話の先頭に、例の手紙の画像があった。

その場にくずおれる。亮也を避け、列が進んでいく。山岸の声が耳を通り抜ける。

ふざけやがって。あの女。

だから、捨てて、と、言っただろうが。

同期LINEに貼られた亮也の手紙は、部や学年の垣根《かきね》を越え、瞬《またた》く間に全校生徒へ拡散された。野球部を創部初の県ベスト8に導いた元キャプテンの醜態だ。学校中の話題はそれで持ちきりとなった。

ぴにゃぽんへ

ぴにゃぽんと付き合って、今日で10日が経《た》ちました。すごい！ 二桁《けた》突入だぽん！ これはすごいことだぽん！

高校最後の夏、最後のバッターになっちゃったときはぴえん超えてぱおんだったけど、ぴにゃぽんが慰めてくれて、ぴにゃぽんとお付き合いできて、今ほんっっっとーに幸せだぽん！

ぷにょぽんは、ぴにゃぽんを世界一、いや宇宙一、いや銀河一幸せにすると誓うぽん！

ぴにゃぽんはぽんぽん王国のお姫様だし、かわいすぎて不安になっちゃうけど、ぷにょぽんもぽんぽん王国の王子様になったから、きっと大丈夫だぽん。

ぴにゃぽんのこと、しゅきしゅきだいしゅき超あいちてる！

これからもよろしくだぽんっ。むぎゅ〜。

うぅ、一回じゃ足りないでござる……。ぎゅむむ〜〜〜〜。

ぷにょぽん

比奈乃《ひなの》と別れた今となっては、二度と掘り返されたくない過去だった。それが全校生徒に知られ、〈キモすぎる〉〈あんないかつい感じなのに〉〈徳永亮也がどうやったらぷにょぽんになるんだ?〉〈堕《お》ちるところまで堕ちたな〉〈……ぽんぽん王国?〉〈一人称ぷにょぽんて〉〈脳が溶けたやつの文章〉〈銀河より宇宙のほうが広くない?〉〈無駄に字キレイじゃね?〉〈最後急に武士出てきた〉などと散々な言葉を投げつけられた。

放課後、比奈乃を部室棟の裏に呼び出した。

「お前ふざけんなよ」開口一番ぶちぎれた。さすがに手は出せないが、殴りかかる勢いで怒鳴った。「手紙あんなとこ貼りやがって」

「あたしじゃないよ」比奈乃は毛先をいじりながら、不貞腐《ふてくさ》れたように言う。「てか塾あるんだけどもう行っていい? あんたみたいな推薦組と違ってあたし忙しいんだよね」

「お前以外の誰が貼るんだよ。お前しかいねぇだろ」

「あたし、捨てただけだから」

「……はぁ?」

「『手紙とか全部捨てて』って言ったのぷにょぽんじゃん」半笑いで「あたし言う通りにしただけなんだけど。どこに捨てようがあたしの勝手じゃない?」

別れの場面を思い出す。たしかに、言った。が「そういう意味で言ったんじゃねぇよ。人目に付かないように処分しろってことだよ」

「じゃあそう言ってよ。そうやって言葉足りないのもうざかったわ。てかあたしのこと振っといて後からぐちぐち言ってくんのまじキモい」嫌悪感を露《あら》わにし「てかあたし貼ってないしね。学食の入り口に一通捨てといただけだし。誰かが面白がってあそこ貼ったんでしょ？あたしのせいにしないでくれる？」校門のほうへ歩き出す。

比奈乃とこれ以上話す気が起きず、小さくなる後ろ姿を眺《なが》めながら、亮也は立ち尽くした。


それからは毎日、校内のどこかに亮也の手紙が捨てられた。

視聴覚室の机の裏、紙パック自販機の取り出し口、体育倉庫のボール置き場、人体模型の肋骨《ろっこつ》――。

誰かが見つけるとすぐ、全校生徒に拡散された。ぽんぽん王国で愛を叫ぶ亮也の痴態が次々と明るみに出た。

朝練もないのに早起きして、校内を探し回った。亮也が誰より早く手紙を見つければ、拡散されずに済む。だがそれは叶《かな》わなかった。何人もの生徒が手紙を捜索し、亮也より先に見つけ、大喜びで拡散した。まるで宝探しだった。四番でキャッチャーでキャプテンの徳永亮也が、ぽんぽん王国の王子様だったのだ。受験を控《ひか》えた三年生はあまり参加しなかったが、暇な下級生の多くがこぞって参加し、一人対大勢の宝探しは常に敗北した。

中村や山岸みたいに、正面からいじってくれるならまだよかった。ここぞと馬鹿《ばか》にされるのがきつかった。

野球部の後輩たちが、聞こえるか聞こえないかくらいの声量で「ぷにょぽん先輩」と言うのが聞こえた。

マネージャーだった比奈乃と勢いで付き合うことになったが、実は一年の頃から気になっていた生徒会の鈴原《すずはら》さんが亮也を見て、ぷっと噴《ふ》き出《だ》しそうになりながら目を逸《そ》らしたのには、かなり傷ついた。

校内ですれ違う全員が、亮也を笑いものにしている気がした。

とはいえ、収束は見えていた。比奈乃と付き合った三ヵ月間で、亮也が渡した手紙は八通。全《すべ》て捨て終われば、この話題もやがて忘れ去られるはずだった。

しかし。

八通の手紙が公開され一週間が経った頃、朝の下駄箱《げたばこ》で、聞き覚えのあるメロディが耳に飛び込んできた。

君が焼き立てのナンならば～♪　僕はバターチキンカレーになろう～♪

音の出所を探す。廊下の端、給水機の横に古いCDコンポが置かれ、一ヵ月記念日に亮也から比奈乃へ贈った自作ラブソングがリピートされていた。亮也は再生を止め、CDを叩《たた》き割《わ》る。音源はデータでも拡散されていた。〈どういう歌詞?〉〈手紙とは違うベクトルのキモさ〉〈なんでナン?〉〈歌上手《うま》いのが逆に腹立つ〉などの罵詈雑言《ばりぞうごん》がまたも浴びせられた。

「どういうつもりだよ」比奈乃を呼びつけ、怒鳴った。「お前まじいい加減にしろよ」

「ねぇ大きい声出さないでそういうとこも無理」比奈乃が顔全体を歪《ゆが》ませ、耳を塞《ふさ》ぎ「なんか家に、もう使ってないラジカセ？　あったから捨てただけじゃん」

「曲流す必要ねぇだろ」

「知らないよ。もらったCDあったからついでに捨てただけ」亮也を睨《にら》み「もう帰ってい？　受験迫ってんの」去り際、「あんたからもらったもん、あと全部捨てとくから」と吐き捨て、比奈乃は校門へ向かった。

一週間後、二ヵ月記念日に亮也が比奈乃へ贈ったオリジナルの漫画が拡散された。〈ぽんぽん王国の漫画!?〉〈やば〉〈王子が姫様を救うストーリーじゃん〉〈めちゃキモいけど、絵めちゃ上手いな〉〈すげぇ〉〈てかフツーにおもろい〉

さらに一週間後、三ヵ月記念日に亮也が比奈乃へ贈った自作のクレイアニメが拡散された。〈アニメ!?〉〈やばすぎ〉〈これ作るの超時間かかるやつじゃない？〉〈すごさがキモさを上回る〉〈愛えぐ〉〈こんな彼氏ほしいかも逆に〉〈多才すぎね？〉〈そういや字キレイだし歌も上手かったな〉

風向きが変わった。遠巻きに亮也を見る目が、嘲笑《ちょうしょう》だけではなくなってきた。

ある放課後、鈴原さんに呼び出され、手紙を渡された。「もしそうなるとしても、受験終わってからだけど」と呟《つぶや》き、顔を赤らめながら、亮也を置いて行ってしまった。

ひとり、空を見上げる。

だから捨ててと言ったんだ。ということにしておく。

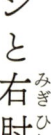

食パンと右肘《みぎひじ》

舞城王太郎

だから捨てててと言ったのに。

とまた言われたのだけれど、僕はこの彼女の『だから言ったのに』ってセリフ全般が嫌いだし、結構それを頻繁《ひんぱん》に言う彼女のことももう好きなのかどうか正直よくわからないが、つまりそれを何度も彼女に言わせてしまう僕自身が悪いってことを身に染《し》みて知っているので『そのセリフ嫌い』も『君を好きかどうかもよくわからない』も封印したままもう三年くらいチャンスを窺《うかが》っていて、また新たな失敗を重ねる。

今回のはカビが生《は》えた食パンを放っておいたらカビが酷《ひど》くなって袋ごとなんか汚物感すごくて触りたくなくなってしまった事件だった。わああ。

「もうこれ祟《たた》りみたいじゃん」

と彼女が言うけどほんとその通りで、でもなおさら触らないほうがいいんじゃないかな？

「はあ？もうさっと拾って捨てて、そんでこの棚拭《ふ》こうよ」

やあそうだけど気持ち悪すぎる……なんか怨念《おんねん》みたいなのゆらいでるじゃん。

「何言ってんのカビたパンだよ単なる。もったいないな申し訳ないなって気持ちがそうさせいの？」

「あんたさ、自分のパンの、自分の失敗でしょ？それ私に始末させるの？そういうことでいいんだけど？とは言えないけど、代わりに捨ててきてくんない？

うるさ〜。そしてその何？心理の深読みみたいな鋭いっぽいセリフ。そういうのも鬱陶《うっとう》してるんじゃないの？」

なんだろうこの脅しは？

そういうことでいいって言ったらどうなるの？

そういうことではいけないとしたら、どうしたらいいと言ってるわけ？

って疑問はともかく、僕はゴミ袋を棚のへりまで持ってきて、何かの弁当についてきて使わなかった割り箸《わばし》を彼女が引き出しの中から取り出したのを受け取り、そのとんでもない、小さな腐海と化した汚物を棚からゴミ袋に落とそうとするが、どう手元が狂ったのかその割り箸で食パンの袋を突き破ってしまう。バフン、と黒いカビの埃《ほこり》が舞う。

「わあああっ！何してんの？」

とパニックの彼女より僕のほうが驚いている。

なぜなら割り箸の先にあるべきパンの感触がなかったからだ。

え？あれ？

パンは？

「パンはって何よ。それじゃん。早く捨てなよ」

パン、ある？

「なんでよ。どういうことよ。カビてるパンでしょ？」

そうじゃなくない？

僕と彼女はそれをよく見る。

パンでカビだったはずだったそれは、パンの形に似た穴になっている。

そして割り箸はその穴の入り口に浮いたようになっている。

「何これ……？」

僕は手を離す。割り箸は袋をすり抜け、パン型の穴の中に落ち、消える。

「きゃああっ！嘘《うそ》！何⁉」

僕は棚の下の引き出しを開ける。そこには割り箸は落ちてはいないし、引き出しを抜いて中を覗《のぞ》くけれども内側の天井に穴はない。

食パンのカビから空いた穴は、どこに通じているのかわからない。

「え……祟りって本当じゃん……⁉」

君がそう言ったからそれが本当になったんじゃないの？と彼女を責めてしまいたいが、それもやめておく。

それより気掛かりなことが急に思い浮かんで、確認する。

これが理由で僕のこと捨てたりしないよね？

「あんたね、本当に最低じゃない？今心配することそれ？自分自分ばっかじゃん」

彼女はこんな部屋にはいられないと言って自分のマンションに帰る。

僕は棚の上のパン状の穴のすぐそばのベッドで寝て、その穴に落ちる夢を見る。

彼女が落とすのだ、僕を、その臭い、真っ暗な穴に。カビが僕の胸に入る。

捨てないって言ったじゃん！

僕は飛び起きる。そして思い出す。

言ってないわ。


彼女は三日後に穴の塞《ふさ》ぎ方を学んでやってくる。

「友達の知り合いに穴専門の探偵さんって人がいて、穴に詳しいらしいから聞いてもらってきたよ。写真も見てもらったし、多分間違いないだろうってさ」

いわく、その穴は他《ほか》の穴の代理だろうとのこと。あるべき穴が穴にならないからカビたパンに乗じてそこに出現したってことらしい。

カビたパンに乗じるって……？

「ある種の穴には意志があるんだってさ。あるいは意志が穴を産んでるんだけど、それはどちらも似たようなものだから同じような扱いでいいって」

……何を言ってるのかはわからないが、目の前の穴のわけのわからなさよりはマシなのかもしれない。何しろパンっぽい穴は目の前の問題で、その穴専探偵さんの台詞《せりふ》は解決への道なのだ。

「でさ、この穴、あんたの部屋のあんたの食パンの、あんたが生やして、あんたが放っておいたカビに空いたでしょ？十中八九、いや九・九九九九……、絶対って言い切らない謙虚さの分だけ引いてるだけで完全にあんたの穴だってさ」

何それ、その人の口真似《くちまね》？

「あはは。そうだけどそうじゃなくて、伝言だけど、探偵さんとの間に入った三人が三人ともそのフレーズだけしっかり真似して伝えてくれるのよ。練習までしたってさ」

ああそう……。

「でさ、パンの穴は入口だろうから、出口を探せって。あんたの穴、どこかな？」

穴？？……パッと浮かぶのは心の穴だ。

僕は傷ついてるんじゃないかな……。

「あはは！何に!?あんたが!?あはははは！何言ってんの！」

僕は彼女に服を脱がされ、検分され、僕の右の肘《ひじ》のちょっと上にその穴はある。

パンよりずっと小さな穴だが、袋に入ったままの割り箸の先がちょっと見えていて、引っ張ると僕の落としたやつがそのまま出てくる。

「あった。じゃあ埋めるね」

どうやって？

僕は何か優しい言葉をかけたり楽しかった思い出について語り合ったりすることでそれは

行われるのだろうかと一瞬想像したけれどそれはまだ僕が心の穴、心の傷的な発想を捨てなかったせいで、そういうことじゃなく、新しい食パンで行われた。

「パンの穴はパンで埋めよ」

それは探偵の言葉？

「って訳じゃない。けどみんな言うでしょこれは」

コンビニで適当に買ってきた別銘柄《めいがら》だったけれど、そういうのも構わないらしくて彼女はどんどんとそのパンをちぎり、僕の右肘の上の穴に詰めていく。耳も白い部分も区別しなくていいみたいだ。

「あれ足りないじゃん。あんたの穴、意外に深いね」

それは侮蔑《ぶべつ》じゃないのか……？

追加のパンをコンビニに一緒に買いに行く。お菓子とお弁当も買う。

「今夜は付き合うよ」

ありがとう、と僕は頭を下げる。

「あはは。違うよ、ちょっと楽しいじゃん。や、もちろん気持ちもあるけど」

あるのか。

六枚切りを二袋買っておいて、一袋目の四枚目で穴が埋まる。僕の右肘は普通の肌に戻り、食パンはカビが生える前の普通の食パン……みたいなものに戻る。

「で、これをあんたが食べるのが大事なんだってさ」

え？

……この、元祟りを？

「そう」

そうか……。いただきます。

僕は手を合わせてその元穴を手に取って口に運ぶ。

「ちょっちょっと！あはは。嘘嘘ごめん！もっと拒否するかと思ったらなんでこんな時だけ素直なの⁉」

え？嘘なの？

「嘘っていうか冗談だよ。わかんなかった？」

ニヤニヤしてはいたけれど俺が呪《のろ》いの穴パン食べるのが楽しいのかと思ってた……。

「呪いの穴パンって！あはは。自分の穴でしょ。呪いも祟りもないよ。穴はね、空くときには空くんだって。仕方ないってさ。あんたのせいってことじゃないよ」

じゃあ君のせいでもない。

「なんで私のせいなのさ。助けてあげたでしょ」

……確かに。

ごめんな。

「何が？」

穴なんて空けて。

「だからそれはあんたのせいじゃないっての。話聞いてる?」

けど、パン捨てとけば穴なんかにならなかったでしょ?俺、バカばっかやってない?

「やってるよ。私もごめんね。口うるさいみたいで嫌だし私も言いたくないんだけど、あんた似たようなミス繰り返すんだもん。でも嫌味のつもりはないよ?だから、私があんたにバチが当たればいいとか思ってるとは思わないでね?」

うん。ごめん。

僕はとことんバカなのだ。

自己嫌悪を怪我《けが》ってことにして君を責めるなんて。

で、お弁当を食べて、そのときあの割り箸を僕が使って、君が爆笑して、それからゆっくり愛し合う。

……いひひ、このようにして君の穴を僕が埋めたというわけだ……とか言わないし、言うはずないけど、本当にバカでアホでろくでもない僕で本当に本当に本当にごめんなさいだが、君がいて良かった。君で良かった。

「ありがとうはちゃんと言えるからね、君は」

と言ってくれて本当にありがとう。

吊《つる》し柿《がき》の家

高田崇史

だから捨ててと言ったのに。
大風《おおかぜ》も止《や》み、今度は一転してじっとりと汗ばむ夏の夜。
江戸浪人、杉谷与三郎《すぎやよさぶろう》の妻のお吉《きち》の堪忍袋《かんにんぶくろ》の緒が切れた。我慢に我慢を重ねてきたが、今夜という今夜こそは、怒髪天《どはつてん》を衝《つ》いた。

ぬるりとした感触と生臭いにおい。そして何より、濯《すす》いでも濯いでも落ちない海老茶《えびちゃ》色の染《し》み。あろうことか、それが襟元に落ち入ってしまったのだ。

「ああ、嫌だ」

お吉は、わざと大声で叫ぶと井戸端《いどばた》に駆け寄って水を汲《く》み出《だ》し、何度も何度も首筋を洗う。特にこんな日は注意していた。ところが、吊《つる》した紐《ひも》が強い風に煽《あお》られ切れて、襟元にすっぽりと——。

しまった、と思った時には既に遅く、取り出す手はどす黒い血糊《ちのり》に染まり、お吉は気が遠くなった。

井戸端で大きな音を立てながら水を汲むお吉に気づき、与三郎が大慌てで腰に刀を手挟《たばさ》みながら「どうしたどうした」と近寄ってきた。

そこまでは良い。

そこまでは良いのだが——必死に襟元を洗っているお吉には目もくれず「あれはどうした、あれは」と真顔で叫ぶ。

「そこに落ちてますよ」

お吉が冷たく言い放つと、

「これはっ」与三郎は、地べたに落ちて泥水に浸《つ》かっているそれを、大事そうに両手で掬《すく》う。「一体、どうしたことか」

お吉を睨《にら》みつけた。お吉は、吐き捨てるように答える。

「風に吹かれて、勝手に落ちてきちまったんですよ。しかも、妾《あたし》の襟元に」

「何ということ。そ、それでおまえは——」

「そこに投《な》げ棄《す》てましたよ。ああ、気味が悪いったりゃあ、ありゃしない。もういい加減にしてくださいさい。他《ほか》に吊してある物も全部捨てて、このような仕事は金輪際《こんりんざい》引き受けないでくださいな」

「ば、馬鹿《ばか》を言うものではない」

「妾は本気です。こんな物が軒先に吊《つ》り下がっていることだって我慢ならないっていうのに、先達《せんだつ》てもやっぱり落っこちて、大切な下駄《げた》を汚しちまったんですからね」

与三郎の顔は青ざめ、お吉の言葉は一欠片《ひとかけら》も耳に入らない。

この失態をどう取《と》り繕《つくろ》うか、それだけで頭の中が一杯だった。このままでは、取り返しがつかぬ。お吉が泥の中に投げ棄てたのは胆《きも》――人間の胆だったからだ。しかも、ただの胆ではない。山田浅右衛門《やまだあさえもん》様から預かった、大切な生き胆だ。

与三郎は大きく嘆息すると、夜空を仰いだ――。


山田浅右衛門。

世間では「人斬《ひときり》り浅右衛門」や「首斬《くびき》り浅右衛門」の方が、通りが良い。その身分こそ「浪人」だが、「公儀御様御用《こうぎおためしごよう》」という役職を持ち、江戸幕府から刀の試し斬りの役を仰せつかっているのだが、何といっても重要な役割は「刑場での首斬り」だった。

刑場でのその役は、肉体的にも精神的にも重労働だ。同じく幕府から、首斬りを仰せつかっていた山野加右衛門《やまのかえもん》・勘十郎《かんじゅうろう》親子や、鵜飼十郎右衛門《うかいじゅうろうえもん》らは、さまざまな理由でお役を離れてしまった。

一方、山田家は跡継ぎを実子と定めず、他家でも腕の立つ者がいれば養子に入れて、何代目「山田浅右衛門」とし、代々秘伝の技を教え込んできた。そのため今も連綿と続き、しかもその技は年々向上した。「御様《おためし》」で罪人の死体を土壇《どだん》の上に二人重ねて胴を斬る「二つ胴」どころか、三人重ねて斬る「三つ胴」なども、お手のものだった。

太平の世に慣れてしまった武士たちは、彼らの本業そのものが不要となり、辛《つら》い鍛錬を行うこともないから当然その腕は落ちる。そのため幕府は、試し斬りや処刑に浅右衛門らの力が必要となり、今では山田家が一手に引き受けることとなっていた。

それでは、どうしてその山田浅右衛門が、このような人の生き胆に関《かか》わってくるのかといえば――。

死人《しびと》の体から、胆や肝臓や脳を取り出し、それを用いて「浅右衛門丸《がん》」という名の薬を作って売るのである。

清《しん》や朝鮮《ちょうせん》では、草木だけでなく、さまざまな動物の体で漢方薬を拵《こしら》えている。浅右衛門は、それを人間の体から作っていた。それが労咳《ろうがい》などにも奏功すると評判で、朝鮮人参並みの高値で売れた。

そのため、口の悪い江戸っ子たちは川柳で、

泥坊《どろぼう》の胆玉《きもったま》で喰ふ浅右衛門

などと揶揄《やゆ》している。しかしそれは「浅右衛門丸」が、それほどまでに評判をとったという証左だった。

与三郎は、その「浅右衛門丸」の元になる生き胆や肝臓を預かり、目の粗《あら》い紗《しゃ》に包んで家の軒先に何日も吊して干す役を担っている。

ただでさえ「首斬り」と呼ばれ遠ざけられている浅右衛門だ。更に、軒先に人の生き胆が

吊り下がっているとなれば、さすがに気味も体裁も悪い。何日も海老茶色の血がぽたぽた垂れ続けるし、嫌な臭《にお》いも漂う。吊して間もない静かな夜中などは一晩中、雨の雫《しずく》が落ちるほどの音もする。

なので、その役目を同じ「浪人」仲間の与三郎が引き受け、手間賃をもらっている。

それほど、浅右衛門は実入りが良いらしい。いずれ蔵を建てるつもりだと話していた。その暁には、与三郎を番人に雇おうとまで。

しかし浅右衛門は、ただ自分の懐《ふところ》を肥やそうとしているわけではない。ある日のこと、与三郎に言った。

「山野加右衛門を知っておろう」

「はい」

「かの男は、自らが首を落とした罪人たちのために、永久寺《えいきゅうじ》を再建した。その志を見倣《みなら》うつもりだ」

加右衛門は、小塚原《こづかっぱら》刑場近くの寺に、仏閣諸堂を建立し、土地も寄進した。また鵜飼十郎右衛門も、供養塔やら髻塚《もとどりづか》を建てた。

浅右衛門も同じ――首を刎《は》ねた罪人たちを供養するために、財を成したいということだ。それならば尚更《なおさら》、与三郎もそこに加わりたい。吊して見張るだけとはいえ、罪人の胆で小遣いを稼がせてもらっている身の上だ。一緒に、死人を供養させてもらいたい。

故《ゆえ》に――。

「この生き胆は大切な品なのだ」与三郎は叱咤《しった》する。「おまえの安い着物やら下駄などには代えられぬ。取り返しがつかぬぞ」

「そんなに大層な物ならば」お吉は睨み返した。「今からでも町に出て、その辺りをうろついている輩《やから》を襲って取ってくれれば良いじゃないか」

「何だと」与三郎も切れた。「それでは、ただの辻斬《つじぎ》りではないか。それに、今時分に酒を飲んでうろついている輩の生き胆など何になる」

血が沸騰していなくてはならない。罪人とそんな輩では「胆玉」の太さが違う。

しかし、お吉は「ふん」と嗤《わら》った。

「あんたも浅右衛門の手下なら、同じ首斬り仲間。なら、人を斬っておいでよ。そして生き胆を取りゃあいい。刑場でやろうが、町でやろうが、ここでやろうが同じこと」

「なんと……」

与三郎の心の臓が大きく跳ねた。

しかしすぐに血の気が波のように引き、心が鎮まる。

与三郎は、自分の二の腕に吸い付く蚊を、ぴしゃりと潰《つぶ》すと、その赤い血を眺《なが》めながら言った。

「確かに、おまえの言う通りだ……」

「やっと分かったかい」お吉は頭に血を上らせて、与三郎に背中を向けた。「物分かりが悪いったりゃ、ありゃしないんだから」

その言葉が終わると同時に与三郎の手が腰の刀に伸び、鯉口《こいぐち》を切る乾いた音と共に、真夏の夜空に白刃が光った。


与三郎が干し胆を手に、平河《ひらかわ》天神近くの屋敷を訪れると、浅右衛門は特別な切り柄《きえ》に鉄の輪を嵌《は》めていた。刀を重くするためだ。通常の物より刀身を重くして、一息に首を落とす。これは、可能な限り罪人を苦しませぬようにという、浅右衛門の心遣いからだった。

胆を受け取りながら、浅右衛門は尋《たず》ねる。

「そちの女房も変わりないか」

いえ、と与三郎は静かに首を横に振った。

「暇《いとま》を出しましてございます」

「ほう……」

じろりと見たその視線に、与三郎は思わず体を硬くしたが、

「まあ良い」浅右衛門は笑った。「また頼むぞ」

「はっ。拙者こそ、よろしくお頼み申し上げまする」

与三郎は深々と頭を下げて屋敷を謝した。


やがて浅右衛門は、その言葉通り庭に蔵を建てて与三郎に番をさせ、首を落とした罪人た

ちの供養に惜しみなく自分の財を注《つ》ぎ込《こ》んだ。

しかし、その蔵の中を覗《のぞ》き見た人間は、間違いなく腰を抜かしたろう。薄暗い蔵の天井の梁《はり》には、紗に包まれてまだ血の滴《したた》る生き胆が、黒ずんだ吊し柿のように、ずらりといくつも並んで干されていたからだ。

江戸の人々は、その蔵を「肝蔵《きもぐら》」と呼び、わざわざ与三郎が番をするまでもなく、誰一人として近づこうとはしなかったという。

だから棄《す》てゝと云《い》つたのに

伊吹亜門

だから捨ててと言ったのに。

机に突っ伏したまま動かない千鶴《ちづる》を見下ろして、私は口の中でそう呟《つぶや》いた。書き遺《のこ》す台詞《せりふ》はこれにしよう。

ペンを取り、開かれたままの雑記帖《ざっきちょう》の隅《すみ》に、千鶴の字を真似《まね》てこう書き殴る――「だから捨てゝと言つたのに」。

振り返ることもなく、私は足早に部屋を後にした。

＊

黛《まゆずみ》千鶴は天才だった。

初めて彼女の作品を読んだ時の衝撃は今も忘れない。『伊《い》勢《せ》物語《ものがたり》』を題材に採った恋愛小説で、清純を謳《うた》う我がS＊＊女學院《じょがくいん》の文藝誌《ぶんげいし》にこれまで明《あ》け透《す》けな肉欲小説を載せてよいのかと呆《あき》れたが、読み進めるにつれてそんな懸念は吹き飛んだ。面白いのだ。とてつもなく面白いのだ。奇抜な発想に大胆な筋運び。初めて負けたと思った。私だってこれまで多くの本を読んできたし、小説も書いてきた。文章の巧拙ならば、同世代の誰にも負けない自信があった。それでも、この作者には敵《かな》わないと思った。私は貪《むさぼ》るようにこれまでの作品にも全《すべ》て目を通して、愈々《いよいよ》打ちのめされた。同じ学年で、こんな小説の上手《うま》い娘がいるなんて信じられなかった。

唯一の救いは、文章がどれも粗削《あらけず》りだったことだ。丁寧に鑢《やすり》をかければもっとよくなるのに、その手間を怠っている。これだけ面白い作品が書ける一方で、そこに気を払わない傲慢《ごうまん》な姿勢が憎らしかった。

抗《あらが》いようのない闘争心に突き動かされて、私は全ての作品に朱を入れ、二つ隣の組の千鶴に突き付けた。不誠実な創作態度を詰《なじ》り、必死に言い募《つの》る初対面の私に千鶴は目を丸くして、それから小さく笑い、手を差し伸べてきた。私は私で驚いてしまって、気が付いた時にはその手を握り返していた——そうして私たちの関係は始まったのだ。

千鶴が初稿を書き上げて、私がそれを推敲《すいこう》する。私たちは学業そっちのけで幾つもの作品を書き上げた。そのうちの一つがK＊＊社の懸賞小説に一等入選し、黛千鶴は一躍、時代の新星として文壇に躍り出た。

千鶴の作品は、早くから世間の評判を呼んでいた。それだけ魅力的な物語だったわけだが、私だって相当の努力をしてきた。校閲添削は勿論《もちろん》のこと、草書体のような悪筆を解読して清書するのも私だし、他人との関《かか》わりを極端に厭《いと》う千鶴に代わって出版社との遣《や》り取《と》りも全て私が行った。『蛍《ほたる》が棄《す》てる』や『禮《れい》を云《い》ふ男』等《など》の諸作が恋愛小説のバイブルと持《も》て囃《はや》されるようになったのには、私だって貢献していると自負していた。

不満はなかった。類《たぐ》い稀《まれ》なこの才能は私が磨《みが》き上げてこそ光り輝くのだと確信していたし、何より私は、千鶴の作品を愛していたからだ。

だから、千鶴が満洲《まんしゅう》へ行きたいと言い出した時も私はその場で同行を決めた。家族からは当然猛反対をされたけれど、家を飛び出した時だって、神戸《こうべ》から日満連絡船に飛び乗った時だって、少しも後悔はしなかった。

その歯車が、何処《どこ》でずれてしまったのか。

五族協和の王道楽土を舞台に血肉の通った男女の物語を書きたいと意気込んでいた千鶴は、ぱたりと筆を執らなくなった。これまでの人嫌いが嘘《うそ》のように毎晩見知らぬ男と出歩いて、朝方にふらふらと戻ってくる。苦言を呈《てい》する私には取材だと嘯《うそぶ》いて、終《しま》いにはヘロイン注射にまで手を出す始末だった。流石《さすが》に強い口調で諫《いさ》めた私に、千鶴は初め憤然としていたが、やがて大粒の涙を零《こぼ》して、書けないのだと呟いた。私は慌てて慰めたけれど、翌日には全てを忘れた顔で再び夜の街に繰り出していた。

焦りともまた違う感情が、私の胸には充《み》ち始めていた。渡満以降、千鶴の名で発表した作品は全て私が代筆した物だった。その原稿料で暮らしていくのには困らなかったけれど、黛千鶴の小説とは断じてこんな低レヴェルなものではなく、私にとってそれは耐え難《がた》いものだった。

あの晩、私は締切を延ばして貰《もら》うために哈爾浜《ハルビン》の出版社を幾つも行脚して頭を下げ続けた。草臥《くたび》れ切って帰ったアパアトでは、千鶴が乱れた寝間着姿のまま、ウオトカのグラスを傾けていた。

溜《た》まっていた不満が遂《つい》に爆発した。どうして書かないのか。書けるのに書こうとしないのは裏切りだ。言い返して貰いたくて、私は言葉の限り面罵《めんば》した。

だけど、千鶴は私を見向きもしなかった。肚《はら》の底がすっと冷たくなった。もうお終いだと思った。貴女《あなた》は変わってしまった——考えるよりも先に、そんな叫び声が喉《のど》の奥から迸《ほとばし》った。

何か言い返してくるとは思っていなかった。だけど、千鶴はおもむろに私の顔を見て、或《あ》る言葉を口にした。目の前が真っ白になった。信じられなかった。千鶴は続けて何かを呟いたけれど、その時にはもう私は彼女に背を向けて、部屋から飛び出していた。強く閉めた扉が、私たちの繫《つな》がりを完全に断ち切ってしまったようだった。

凍てつく街を独《ひと》りで彷徨《さまよ》いながら、私はこれまでのことを思い出して泣いた。寒さに追われて入ったキタイスカヤの安宿でも泣いて泣いて、真っ赤に目を泣《な》き腫《は》らして、そうして夜が明けた頃には、この手で千鶴を殺そうと決めていた。私が愛した黛千鶴を、これ以上千鶴に穢《けが》して欲しくなかった。

そっと戻ったアパアトの部屋では、予想通り、千鶴が酷《ひど》く酩酊《めいてい》した状態で机に突っ伏していた。

千鶴の手元には、ヘロイン溶液の薬瓶《くすりびん》と注射器が乱雑に転がっていた。手袋を嵌《は》めたまま未開封の薬瓶を鑢で削り開けて、注射器で目一杯に吸い込む。白く細い千鶴の腕を摑《つか》み、静脈に針を刺して、致死量の薬液をゆっくりと注入した。微《かす》かに身体《からだ》が顫《ふる》えて、それで終いだった。

悪習を断ち切りたい千鶴は薬の処分を頼んだけれど、私がそれを失念したせいで抗い切れずに再び手を出してしまった。それで量を誤り、急性中毒で死んだ。これが、私の考えた筋書きだった。

卓上には雑記帖の他、「私を棄てゝ行くつて云ふのなら、アナタは」とだけ書かれた便箋《びんせん》が残されていた。私はそれを小さく破り、灰皿の底で丁寧に燃やした。

屍体《したい》を前にしても、私は驚くほど冷静だった。これはもう、かつて私が憧《あこが》れた、そして愛した千鶴ではないのだと、他人事《ひとごと》のように感じていた。

事故に見せ掛けるため、千鶴の言葉を何か書き遺しておこうと思った。暫《しばら》く考えて思い付いた言《い》い廻《まわ》しは、「だから捨ててと言ったのに」というものだった——。

＊

月寒三四郎《つきさむさんしろう》と名乗る探偵が私を訪ねてきたのは、千鶴の葬儀を終えた十日後のことだった。黒眼鏡《めがね》を掛けたその男は、淡々とした口調で千鶴の死について調べているのだと言った。

「貴女は黛さんの秘書として、長らく一緒に住まわれていたそうですね。ただ、最近になって急に余所《よそ》へ移られたとか」

「怒らせてしまって、出ていけと言われたんです。言うことなんて聞かずに残っていたら、死なせはしなかったのに。私の責任です。私が薬を処分していたら」

「果たしてそうでしょうか」

探偵は一枚の紙片を取り出した。私が残した例のメモだった。

「黛さんが書き遺された物です。長年秘書をお務めになった貴女ならお分かりでしょう。これは一寸《ちょっと》変です」

「変？　何がです」

「ほう、お分かりになりませんか。此処《ここ》ですよ」

探偵が紙面の二ヵ所――「捨」と「言」を指した瞬間、私はあっと小さく叫んでいた。

「……そう、漢字が違うのです。貴女には釈迦《しゃか》に説法でしょうが、作家さんというのは言葉遣いに対する拘《こだわ》りが強いのですね。黛さんもそうでした。『すてる』と書く時、黛千鶴は必ず廃棄の棄の字を使った。『いう』と書く時、使う漢字は言葉の言でなく、云々の云でした。出版社にも確認をしましたから間違いはありません」

平静を粧《よそお》ったつもりだったが、私の脚はどうしようもなく顫え始めた。

そうだ、その通りだ。千鶴は漢字の選択に癖《くせ》があった。これまでの作品名だってそうだったじゃないか。彼女の原稿には数え切れないほど目を通してきた筈《はず》なのに、どうしてそれに気が付かなかったのか。

動揺を隠し切れない私を冷ややかに一瞥《いちべつ》して、探偵は再び紙片に目を向けた。

「しかし、此処で使われている漢字は違います。それがどうにも引っ掛かりまして、先《ま》ずは一番近しい貴女のご意見を伺いに参った次第です」

その後も探偵は何か続けていたが、私の耳にはもう届いていなかった。

――変わっちゃったのは、アナタの方だよ。

私の頭の中では、扉が閉まる直前の、千鶴のあの寂《さび》しそうな声だけが響き続けていた。

こわくてキモくてかわいい、それ

背筋

『だから捨ててと言ったのに』

聡子《さとこ》ちゃんはそう書いてた。

おわりの会で担任の先生が、みんなで壮太《そうた》くんにお別れの手紙を書こうって提案した。壮太くんが死んでしまったのは残念だったけど、私は話したこともなくて、なにを書けばいいのかわからなかった。変に「寂《さび》しいです」なんて書いても、壮太くんも困るだろうと思ったし。聡子ちゃんはなんて書いてるんだろう。仲良かったから、寂しがる資格もあるんだろうなって、隣の席をチラッと見たら、ちょうどそんなことを書いているところだった。なんだか怒ったような顔で。多分、あの変な話が関係してるんだと思う。

私はクラスでも、そんなに友達がいるほうじゃなかった。でも、聡子ちゃんは違った。明るくて、差別とかもしないし、人気者。席替えでたまたま隣の席になったときも、ときどき、休み時間に私に話しかけてくれた。達雄《たつお》くんはよく私のことをからかってきたけど、そんなときも聡子ちゃんが笑いながら「小林《こばやし》さんのこといじめるの、やめなよー」って止めてくれた。

聡子ちゃんは噂《うわさ》好きだった。クラスの誰と誰が喧嘩《けんか》してるとか、そういうの。友達が少なかった私からしたら、そんな話でも、聡子ちゃんが話しかけてくれるのがすごくうれしかった。だからあの変な話も、聡子ちゃんから聞いた内容以外はなんにも知らない。でも、知らなくてよかったのかなとも思ってる。


「ねえねえ、面白い話聞く？　こわくてキモくて、でもちょっとかわいいやつの話」

四時間目がはじまってても先生がなかなか来なくて、みんな勝手におしゃべりしてたとき、聡子ちゃんが私にそう言った。ひそひそ声で。

「なに？　教えて」

こわい話は苦手だったけど、聡子ちゃんに話しかけてもらえたのがうれしかったし、それに、キモくてかわいいやつっていう言い方が面白かったから、続きを聞いた。

＊＊＊

えっとね、公民館にいたの。そいつ。

小林さん、行ったことある？　公民館。あ、ないか。そっちの団地からだと遠いもんね。うちのマンション近くにあるからさ、よく行くんだよね。壮太とか、加奈《かな》ちゃんとか、達雄とかと。ほら、うちら一緒のマンションじゃん？　だから帰り道にちょっと。あ、寄り道してるのは内緒ね。先生がうるさいから。

いや、別に勉強しに行ってるわけじゃないよ。うちら塾通ってるし。あの公民館、奥のほうにパソコンあるじゃん？　あ、わかんないよね。うん、なんか大人のひとが地域の歴史とか、わかんないけど、そういう資料とか調べたりする専用のやつ。うちにあるような薄いのと違ってさ、めちゃくちゃ古くてハコみたいにでかいの。でね、そのパソコンなんだけど、調べる専用だからさ、普通はそれ以外に使えないんだけど、大発見しちゃって。ほら、達雄ってパソコンとかそういうの詳しいじゃん？　こっそり色々いじって、ネットみたりYouTubeみたりとかできるようにしたの。あとは、なんかマインスイーパーとか。それでいっつも遊んでたんだよね。

それで一ヵ月くらい前にさ、また四人で公民館行ったんだけど、いつもみたいに達雄が設定いじってパソコンの最初の画面開いたら、前の日までなかったのがあって。「ひろってください」って名前がついてる白いやつ。クリックしてもなにも起こんなくて。なにこれって加奈ちゃんと言ってたら、達雄が格好つけてファイルのカクチョウシがどうの、とか言ってさ。名前のところを色々いじったら、見れたの。

なんかよくわかんないぐちゃぐちゃしたものにおじさんの顔がくっついてる写真。おじさんの顔、めっちゃ笑っててさ。こわくてキモいんだけどでも、そいつ、ちょっとかわいいの。

＊＊＊

聡子ちゃんの説明を聞いても全然想像がつかなかったけど、気持ち悪い写真なんだろうなって思った。それに、全然かわいくもなさそうだなとも。

「内緒なんだけど、そいつをさ、飼ってるんだよね」

ひそひそ声で聡子ちゃんが言った。

「え？　飼うって、餌《えさ》とかあげるの？　写真に？」

「いや、そういうのじゃなくて。毎日公民館行って、話しかけたりして、かわいがってあげるの」

漫画とかの推しキャラならわかるけど、私にはそんなことする意味がわかんなかった。でも、わかんないって言うと聡子ちゃんに悪いかなって思ったから、わかったふりして返事した。

聡子ちゃんの話では、最初は四人で毎日公民館に通ってそれをかわいがってたらしい。

「でも加奈ちゃんがさ、もうやだって言いはじめて」

「なんで？　かわいがってたんじゃないの？　そのおじさんみたいなの」

「うん。でも加奈ちゃん、泣き出してさ。かわいいのに、気持ち悪くてしょうがなくなってくるって。もう見たくないって。思い出してトマトとか食べらんなくなるから」

「写真でしょ？　消せばいいんじゃないの？」

「消すのはダメなんだよ。かわいそうじゃん。誰かが飼ってあげないと」

なんだか、猫とか犬みたいだなって思った。

「だから、それから加奈ちゃんとはもう遊んでない」

向こうのほうで別の子とノートに絵を描いて遊んでる加奈ちゃんのほうを見ながら、そう言う聡子ちゃんは、ちょっと怒ったような顔してた。

「加奈ちゃんが抜けちゃったから、三人で飼おうねって約束してたのに。次は達雄まで学校来なくなるんだよ。裏切り者だよね」

その頃、達雄くんはずっと学校を休んでた。誰かが達雄くんは頭が変になったって言って笑ってた。下校のときにお母さんと手をつないで歩きながら、変な方向見てげらげら笑ってたって。普通はお母さんと、手をつないで歩いてるの見られたら、恥ずかしいはずなのに。

達雄くんのこと、私もちょっと苦手だった。からかってくるし。だけど、学校に来れないぐらい大変な人に裏切り者なんて、言い過ぎじゃないかなって思ってしまった。私が黙ってると、聡子ちゃんが笑いながら言った。顔が近かった。

「だから小林さん。一緒に飼わない？」

「えっ？　でも……こわいんでしょ？」

「うーん。こわいのはこわいんだけど、かわいいから。絶対、好きになると思う。今日、行こうよ。公民館。壮太と一緒に。ね？」

聡子ちゃんから遊びに誘われるのなんてはじめてだったから、うれしかった。でも、なんだか行ったらだめな気がした。

「私はやめとく。ごめんね。また今度私ん家《ち》に遊びに来てよ」

答えると、「そう」とだけ言って、聡子ちゃんは黙った。私、悪いことしちゃったかなって少し後悔した。

それから一ヵ月くらい経《た》っても、聡子ちゃんは私の家に遊びに来なかった。加奈ちゃんは、聡子ちゃんと全然話さなくなった。達雄くんは学校に来ないまま転校した。少ししてから、壮太くんが死んだ。理由は知らない。


『だから捨ててと言ったのに。』

その続きをなんて書くんだろう。聡子ちゃんの2Bの鉛筆をじっと見てた。

『わたしがせっかく小林さんに』

そこまで見えたところで、聡子ちゃんがこっちに気づいた。

「なに?」

すごくこわい顔で言われて私はそれ以上見れなかった。

代わりに、まだ最初の一行しか書いてない自分の手紙を見た。

『天国のそうたくんへ』

ちょっと迷ってから、それを全部消したあと、書き直した。

『そうたくんへ』

だって、壮太くん、本当に天国へ行けたのか、わからなかったから。

今でも、聡子ちゃんが書いてた手紙の続きを見なくてよかったって思ってる。聡子ちゃんのこと、嫌いになりたくないし。友達だから。

久《きゅう》闊《かつ》を叙す

芦沢 央

だから捨ててと言ったのに。

妻の言葉が脳裏で淡く反響する。

しかし、もうその声も顔も、上手《うま》く思い出せなかった。記憶そのものはたしかに在るのに、薄膜の奥で曇っていて、かつて自分が耳に目にしたものだという実感が少しも湧《わ》かない。

ある日突然仕事を辞め、「どいつもこいつも馬鹿《ばか》ばかりだ」と口にして人との交《まじわり》を絶つようになった私に、妻はまず戸惑いを露《あら》わにし、次に愚かだと批難し、やがて泣きながら翻意を懇願《こんがん》するようになった。

何故《なぜ》そんなことを言うの。貴方《あなた》はずっと立派にやってきたじゃない。お願いだから、いつもの貴方に戻って頂戴《ちょうだい》、と。

けれど私は、「俺はこんなところにいるべき人間じゃない」と繰り返した。

「誰も俺の本当のすごさを分かっちゃいない。俺はまだ本気を出していないだけだ」

初めは違和感があった言葉も、唱え続けているうちに身に馴染《なじ》んでいった。世の中が俺を正当に評価しないのは、奴《やつ》らの側に問題があるからだ。俗物と伍《ご》すれば魂が濁《にご》る。俺の苦悩を理解できる者など何処《どこ》にもいない——言葉は心を作り、心が身体《からだ》を変える。

次第に肉が落ち、骨が秀で、毛深くなっていった私を、妻は不気味なものに相対するような目で見た。そして、生活のために貯蓄を切り崩しながらも旧友の妻子への援助だけは欠かさない私を罵倒《ばとう》し、終《つい》には家財を手に離れていった。

私はそれでも、何も間違っていないのだと自分に言い聞かせ続けた。時折、何故こんなことをやっているのだろうと我に返ったときには、詩作に耽《ふけ》り、己の才に酔い直した。ひたすらに不遇を嘆き、世を厭《いと》う日々は、苦痛に塗《まみ》れ、孤独に満ちていた。ただし、そこに在るのは真の孤独ではなかった。なぜなら、私には先人がいたからだ。

先人の存在は、私に希望と絶望を同時にもたらした。既に成し遂げた人間がいる以上、不可能ではないということだが、私は自分がどうなるのかわからない恐怖を味わうことはなく、即《すなわ》ち彼と同じ心理に陥《おちい》ることはできない。

私は、自らの行為を無意味極まりないものだと考えることで、自分を追い込んでいった。恵まれていた生活を捨て、妻を捨て、人生を捨て、結果、何が手に入るというのだろう。先人を形ばかり真似《まね》たところで、後を追える保証はないというのに。周囲を傷つけ、時間を空費するばかりの自分がこの世に存在する価値などあるのか。結局、私は何も為《な》しはしなかった。一時はたしかにそれなりの地位に就き、財も成したかも知れないが、この先は貧窮が待つのみで、死ねば何も遺《のこ》らない——。

私は、先人である旧友を妬《ねた》んだ。夢を見せて我が身を縛り、後始末を押し付けて勝ち逃げした故人《とも》を。

——そう、勝ち逃げだ。

彼は自らをあさましい身だと自嘲《じちょう》し、再び会おうという気持ちを起こさせないために醜悪な姿を示そうなどと言っていたが、あれは決してそんなものではなかった。

いや、彼自身は本当に恥じていたのだろう。詩人として大成することが叶《かな》わず、自我を失う度に残虐な行為に手を染めてしまう己を、心底情けなく、恐ろしく、憤ろしく感じていたに違いない。

そうした臆病な自尊心と尊大な羞恥心こそが、彼を虎へと変えたのだから。

私としても、話を聞いている間は彼への同情心があった。心を狂わせ、獣に身を堕《お》としてまで生み出した作品が尚《なお》第一流には届かないところも、それでも未《いま》だに後世に伝えたいという願いから自由になれずにいるのも、にもかかわらず自虐を挟んで予防線を張らずにいられない性情も痛々しかった。

正直に言えば、侮蔑《ぶべつ》の思いもあった。悔恨の念を吐《は》き出《だ》し続ける悄然《しょうぜん》とした声音を聞きながら、自分はこうならなくてよかった、と考えたのだ。

私は、自分の人生にそれなりに満足していた。科挙に合格し、堅実に勤め続けた結果、京官となり、旧友に妻子の世話を頼まれても即座に承諾できるだけの稼ぎを得ていることを誇り、分不相応な野心に食《く》い潰《つぶ》された友を哀《あわ》れに思っていた。

だが、何処か甘い涙を流して彼と別れた後、言われた通りに丘へ上り振り返って彼の姿を初めて目にした瞬間、同情も侮蔑も充足感も一気に霧散した。

その姿は、あまりに美しかった。

林間の草地で、既に白く光を失った月を仰いで咆哮《ほうこう》する、一匹の気高い虎《とら》。

山の神として崇《あが》められ、他の獣たちを平伏《ひれふ》させる、百獣の王。

途端に私は、何故彼が己を恥じるのか理解できなくなった。

これほどまでに強靭《きょうじん》で端厳な、孤高の生き物になりながら、慙愧《ざんき》の念に囚《とら》われる理由が何処にあるというのだろう！

彼の行動理念は常に一貫していた。科挙を受けて役人になったのも、詩家として名を挙げたいと願ったのも、役人と詩人が最上位の仕事だったからだ。

だからこそ彼は賤吏《せんり》に甘んずるを潔しとせず、詩作においても第一流のものとして後世に語り継がれる作品でなければ許せなかった。

しかし彼は、あらゆる生き物をねじ伏せ、生殺与奪の権を握るだけの力を有する存在になったというのに、自らが最上位に立っていることに気づいてもいない。

私は、四肢をしなやかに跳ねて叢《くさむら》へと躍り入る彼の姿を呆然《ぼうぜん》と見送ると、自らの身体を眺《なが》め下ろした。

そこには、四十歳《不惑》をとうに過ぎ、跳ねることも駆けることも若かりし頃のようにはいかず、今後ますます老いていくばかりの肉体があった。

そして、地道に地位を上げて監察御史にまでなったものの、一生涯をかけても最上位になど到達できはしないと分かってしまっている将来が。

何故私は最初に彼の姿をよく見なかったのだろう、と思わずにいられなかった。

あの鋭い牙《きば》を、大地を踏みしめる力強い爪《つめ》を、澄んだ双眸《そうぼう》を、誇り高き毛並みを、それらの持つ意味を認識できていれば、私は彼から狂いきるまでの経緯を仔細《しさい》に聞き出していただろうに。

彼の後を追いたいと願うのならば、私は尋《たず》ねるべきだったのだ。何を考え、どのような生活をし、いつから毛が生《は》え始めたのか。虎として生まれ直した日、戸外から聞こえた声とはどんなもので、肉体が変貌《へんぼう》していく際の身体感覚は如何《いか》なるものだったのか、と。

だが、私は彼が打ち明ける言葉をただ聞くことしかしなかった。

己と同じ身の上に成った者でなければこの気持ちは分からない、と断ずる彼の言葉に沈黙で応《こた》えることしかできなかったのは、彼を真の意味では知ろうとせず、また自分自身のことも知ろうとしていなかったからだ。

もう一度会いたいと切望したが、彼がもう二度と私の前に姿を現さないつもりであることは分かっていた。

次に人と虎として再会したら最後、私は言葉を交《か》わす間もなく裂き喰《く》われるのだろうことも。

だから私は、仕方なく自分なりに彼の言動を分析し、真似ることにしたのだった。

彼が口にしていた言葉を唱え、人との関《かか》わりを絶ち、世を怨《うら》んだ。妻からどれだけ倨傲《きょごう》を捨てろと迫られようと、臆病な自尊心と尊大な羞恥心だけは手放さなかった。

習慣を変えることで性根を変え、それにつられて外形が変わっていくことを、ひたすらに祈りながら。

あの再会の日から今日まで、約七年の月日が経《た》った。

もう、彼には人間に還《かえ》る時間はないかも知れない。彼自身が危惧《きぐ》していた通り、人間の心が獣としての習慣の中に埋《うも》れて消えてしまい、過去を忘れ果て、私と出会っても友と認めることはないかも知れない。

だが、それでも——同じ虎となった私ならば、また彼と隔てのない語調で話ができる。

私は力が満ちた新しい身体で、草原を駆け、いくつもの叢を回り、かつての友を探し回った。

そして今——漸《ようや》く見つけた懐《なつ》かしい姿へ向かって、七年ぶりの言葉をかける。

「我が友、李徴子《りちょうし》ではないか？」

ネオ写経

🐾

にゃるら

「だから捨ててと言ったのに」

サークル長が僕のスマホを取り上げる。画面に映ったTikTokでは、自撮りアカウントの女性が流行の曲に乗せてリズミカルにお尻《しり》を振っていた。

「性欲に囚《とら》われているから写経が疎《おろそ》かになる。性欲を、煩悩を捨てなさい」

自慢の長ヒゲを弄《いじ》りつつお決まりの注意。僕のスマホは未《いま》だにちょいエロ動画が流れ続けていて、悲しい。この間抜けさでは何も言い返せない。

「性欲は我々の目指す解脱《げだつ》とは程遠いものだ。キミもセックスしか頭にない周囲の大学生どもに呆《あき》れてウチに入ったんだろう？」

「はい……以後、気をつけます」

半分正解で半分外れである。

僕が大学を出会い系と勘違いしている猿学生たちを毛嫌いしているのは仰《おっしゃ》るとおり。かといって、こんな胡散臭《うさんくさ》いサークルへ好きで入会したわけでもない。

「あっ、怒られてる！　キミ、そんなにスケベだったんだ」

サークル仲間のAさんが僕に微笑《ほほえ》みかける。地味な黒縁メガネ顔に、まったく似合っていないハデな金髪頭。進学を機に大学デビューしてみたものの上手《うま》くいっていない感じが逆に可愛《かわい》らしい。せめてコンタクトに替えたら多少芋っぽさが消えるのにと誰もが思うだろう。だが、彼女はそれがいいんだ。

「Aさん、それは誤解だよ。僕がえっちな動画を見に行ったわけじゃなくて、TikTokがえっちな動画だらけの場所なんだ」

これも半分嘘《うそ》で半分本当だ。TikTokは驚くほど性的なコンテンツで溢《あふ》れているが、それが主に表示されるのは、なんだかんだ僕がそのような動画を長く閲覧するせいである。

「ふたりとも。そろそろネオ写経の準備をしなさい」

「はーい」

「ほら、キミも座って。あんまり異性に入れ込まないほうがいい。集中力が衰える」

サークル長の言うことはごもっともだが、彼自体も所詮《しょせん》は大学生だ。コミュニティの長である立場を利用して、後輩女子たちから信頼されようとしている裏が透けて見える。僕は騙《だま》されはしないぞ。が、特に逆《さか》らいもしない。

仏説《ぶっせつ》!!! 摩訶《まか》!!! 般若波羅《はんにゃはら》!!! 蜜多《みった》!!! 心経《しんぎょう》!!!

十数人の部員が円状になり、大声を張り上げながら般若心経《はんにゃしんぎょう》を写経することで、動と静を両立させ中道を進み、全員で解脱へ至る。それが、このネオ写経部の活動だ。

観自在菩薩《かんじざいぼさつ》!!!　行深般若《ぎょうしんはんにゃ》!!!　波羅《はら》!!!　蜜多時《みったじ》!!!

もちろん、こんな活動に意味があるなんて思っていない。二ヵ月続けてわかったことは、般若心経の二百六十文字の中には「無」の字の登場回数が多く、そして「無」は画数が多くて書き写すのが非常に面倒くさいことだけ。

このサークルへ入会している者のだいたいが似たようなものだろう。唯一、サークル長だけが信仰心を持つ素振りを崩さないが。こんな怪しいサークルに入るにはわけがある。大学に居場所がなく、かといって一般的なサークルではカーストに埋もれて余計に悲しくなるからだ。だから消去法でこんなカルトじみた場所を拠《よ》り所《どころ》にする。みんな似たような立場であるから、活動内容はともかく居心地自体は悪くない。

それに、隣にはAさんも居る。

彼女がネオ写経部に所属する理由はわからない。彼女の芋っぽさから察するに僕らと同じくカーストは高くない。そのうえでちょっぴり不思議ちゃんポジションで、オタク女子らしいサブカルっぽさから、カルトでスピリチュアルな活動を体験することで自身の「変人らしい個性」を鍛《きた》える腹づもりなんじゃないか。「学生時代はネオ写経に一生懸命でした！」と語れば、不思議ちゃん仲間のコミュニティで一目置かれるだろう。

空不異色《くうふいしき》!!!　色即是空《しきそくぜくう》!!!　空即是色《くうそくぜしき》!!!

邪念まみれで機械的に文字を写している間に、本日のネオ写経活動は終わりに近づく。

「キミ、これを返すよ」

長ヒゲをじょりじょりと撫《な》でながらサークル長がスマホを返却してくれる。怪しげな格好と行動はどこまでキャラ付けなのだろうか。

「一応もう一度注意しておくが、煩悩なんて捨てなさい。それはキミを不幸にするよ。どんな時でも冷静にね」

「わかりました。申し訳ありません……」

なんで不潔なヒゲ男に頭を下げなければいかんのだ。彼はその調子で、他メンバーたちにも一言ずつ声をかけている。Aさんにもだ。人の良い《い》Aさんは、胡散臭い長ヒゲにも笑顔で応対している。あの野郎、絶対にAさんを狙《ねら》っている。だから、Aさんと比較的仲がいい僕へ小うるさく注意するんだ。

待てよ。目をつけられているということは、それだけ僕とAさんは客観的に「仲良く」見えてるんじゃないか。そうに違いない。まさにピンチはチャンス。うん、そうだろうと思っていたよ。なんだか自信が湧《わ》いてきた。

「スマホ返してもらえてよかったね。もう、えっちな動画はダメだよ」

やっぱり彼女は僕へ話しかけてきた。他に十数人の男がいる中で、だ。これは間違いない。

「ねえ、よかったらこのあと文房具買いに行かない？　ネオ写経用の筆ペン選びたくて」

うむうむ。あくまで活動のためと口実まで用意しちゃってかわいいな。サークル長には悪いが、この調子でAさんと親密に……そういう関係になっちゃえば、さっさとこんな詐欺《さぎ》まがいの場とはおさらばだ。

筆ペン選びをきっかけに、とんとん拍子でAさんとの交流は進展した。

せっかくだからご飯でも行かない？　映画でも観《み》ない？　猫カフェなんかゆったりして禅の心に近いんじゃないかな？

そんな調子で一緒に出かけるようになり、今まさに人生初の猫カフェとやらで膝《ひざ》にメインクーンを乗せている。

「わたしね、ぶっちゃけ写経も仏教もあまり興味がないんだ。ただ友達が欲しくて。だから似たような空気を感じるキミと仲良くなれたらって思ったの」

「うん。僕も同じ気持ちだったんだ。仏なんてよくわかんないよ。それよりAさんと一緒に居られる方が大切」

女性を口説くには、まず同調。我ながら恐ろしいくらいに完璧《かんぺき》だ。

「ほんと？　わたしたち運命の二人だね」

「そうだね、運命だよ」

「あはっ嬉《うれ》しいなあ。ねっキミにだから話すんだけどね」

黒縁メガネ越しの黒い瞳《ひとみ》がじっと僕をとらえた。

「実はわたし、お母さんが病気で……お父さんは必死で働いているけど、どうしてもお金が

いの」

「それで……できればお金を貸してほしいんだけど、いいかな？　キミしか頼れる人がいな
足りなくてね」

「う、うん……それで？」

　彼女の両目は、無宗教の僕でも確信するほど煩悩で黒く濁《にご》っていた。

「だから性欲なんて捨てなさいと言ったじゃないか」
　改めてサークル長に注意される。Aさんの行為が許せなくて、今回の一部始終を報告した
のだ。とうぜんAさんは破門となった。こんなサークルを追い出されたとて大した問題はな
さそうだけど。
「今はまだ仏教の精神なんて完璧に理解しようとしなくてもいい。せめてネオ写経の間くら
いは空を理解するよう努《つと》めるといいさ。これからはいっそうネオ写経に励《はげ》みなさい」
「はい！　あの、僕サークル長を誤解してました」
「いいよ。信頼というのはとても難しいことだからね。それもこれからの活動でともに築い
ていこうじゃないか。わたしたちと仏様は、いつでもキミの味方だ」
　がっしりとサークル長の両手が僕の肩を掴《つか》む。体格ゆえの力強さから、なんだか父親のよ
うな安心感を覚えてしまう。うん。こんな怪しい空間でも見た目ほど悪くはないんじゃない
か。

「ありがとうございます！」

「うむうむ。それじゃあキミも体験期間は終わりということでいいね。これからは月六万を徴収するよ。なに、お金をかけた分だけ煩悩を捨て解脱へ近づくんだ。それはとても正しいことなんだよ。心配しなくてもいい、一つ苦難を乗り越えたキミなら立派にネオ写経道を歩めるだろう」

即説呪曰《そくせつしゅわつ》羯諦《ぎゃてい》羯諦《ぎゃてい》!!!　波羅羯諦《はらぎゃてい》!!!　波羅僧羯諦《はらそうぎゃてい》!!!

菩提薩婆訶《ぼじそわか》!!!　般若心経……。

海に還《かえ》る

多崎 礼

だから捨ててと言ったのに
ノイズだらけのトランジスタラジオ
もう必要ないでしょう?
ここに置いていきなさい

ラジオから歌声が聞こえてくる。
砂を食《は》むような雑音の中、女性歌手の声が物憂《ものう》げに響いてくる。

二人で肩を寄せ合い
異国の歌に夢を重ねた
あなたの重荷になりたくないわ
全部忘れてしまいなさい

「この歌、好きだな」

岩場にもたれ、アヲイが言う。

「聞いてると、なんだか胸がギュッとする」

頭を傾け、目を閉じる。艶《あで》やかな黒髪が濡《ぬ》れて背中に張りついている。そんなアヲイを見ていると、なぜか僕はいつもドキドキしてしまう。

ガガガガガ……

ラジオがノイズを吐き出した。

「もう、なんだよ！」

アヲイがラジオを摑《つか》んだ。苛立《いらだ》たしげに振り回す。

「乱暴に扱うと壊れるぞ」

浜辺に残されていたポータブルラジオ。こっそり拾って、この洞窟《どうくつ》に隠した。誰も知らない、アヲイと僕だけの秘密だ。

「たぶん、もう電池がないんだ」

「デンチ？」

「そいつを鳴らす動力源だよ」

「なんで知ってるんだ、そんなこと？」

アヲイは意外そうに眉《まゆ》を跳ね上げた。

「さてはお前、浜の近くへ行ってるな？」

その通りだった。けれど僕は応《こた》えなかった。

第一の掟《おきて》。人間に近寄るなかれ。

「まさか人間にホレたとか言わねぇよな？」

「そんなわけあるか」

第二の掟。人間に惚《ほ》れるなかれ。

「僕が浜に行くのは好奇心からだ」

「コウキシン？」

「知らないことを知りたいと思う気持ちのことだよ」

「ああ、それならオレにもある」

ラジオを置いて、アヲイはため息をつく。

「海《うち》ん中には飽き飽きだ。上の世界を見てみたい」

波打ち際に寝転がり、尾鰭《おびれ》でピタピタと海面を叩《たた》く。

「オレの尾鰭、二股《ふたまた》に割れねぇかな」

僕達は人魚の幼魚だ。幼魚に性別はない。十五歳を迎えると身体《からだ》が変化し雌《おんな》になる。が、ごくまれに雄《おとこ》になるものもいる。雄《おとこ》は尾鰭がふたつに裂ける。そうなったらもう海《うち》には住めない。アヲイは行ってしまう。僕は一人残される。その寂《さび》しさを想像するだけで胸の奥がキリキリ痛む。

僕は小さな波に乗って、アヲイの隣へと泳いでいった。

「アヲイ、僕とキスしよう」

「うえぇッ？」

アヲイは目をまん丸に見開いた。その白い頰《ほお》が夕焼け色に染まっていく。

「バ、バカ言え！　キスしたら子供が出来ちまうんだぞ？」

「いいよ。アヲイの子なら僕は喜んで産む」

「こんな時まで真面目《まじめ》かよ」

「僕とじゃ嫌か？」

「嫌なもんか！」

即答し、アヲイは目を瞑《つぶ》った。夕日みたいに真っ赤になって、タコみたいに唇《くちびる》を突き出した。

僕はアヲイの頰を両手で包んで、その唇に唇を重ねた。


その後、しばらくは落ち着かなかった。もうじきお腹《なか》が大きくなる。ぺたんこな胸も丸く膨《ふく》らむ。ああ、姉さん達はなんて言うだろう。大婆《おおば》様《ばば》は怒るだろうか。けれど、待てど暮らせど何の変化も起こらなかった。

結局、アヲイも僕も受胎しなかった。

「そうガッカリすんな」

鳴らなくなったラジオに頭を乗せて、アヲイは呟《つぶや》く。

「成魚になったらもう一度、キスしてやるから」

僕よりもアヲイのほうがよっぽどガッカリしている。そう思ったけれど、言わずにおいた。急ぐことはない。十五歳まではもうすぐだ。

それからしばらくして、僕は息苦しさを覚えるようになった。尾鰭の中央が裂けていき、鱗《うろこ》が一枚、また一枚と剝《は》がれ落ちていく。必死に隠そうとしたけれど、とても隠しきれなかった。

「雄《おとこ》になるなんて、ここ百年はなかったことだよ」

変わり果てた僕を見て、大婆様は眉根《まゆね》を寄せた。

「残念だけれどお別れだ。シロイ、お前は上の世界へ行き、人間として生きるのだ」

第三の掟。雄《おとこ》は陸に上がり、二度と海《うち》に戻ることなかれ。

姉さん達は別れを悲しんでくれた。餞別《せんべつ》に人間の服を用意してくれた。鰭《ひれ》や鱗だけでなく鰓《えら》まで失ったら、もう海《うち》では暮らせない。渋々《しぶしぶ》僕は人間の服を着て陸に上がった。それでも海《うち》から離れがたくて、あの洞窟へと向かった。

「お前、何しに来やがった！」

僕を見て、アヲイは血相を変えた。

「お前は人間になったんだ！　とっとと上の世界に行っちまえ！」

「嫌だ」僕は泣きながら言い返した。「どこにも行かない。僕はこの洞窟で暮らす」

「ふざけんな！」

アヲイは尾鰭でぴしゃりと水面を打った。

「見せつけてんじゃねぇよ！　オレがどんだけ足を欲してたか、どんだけ上の世界に憧《あこが》れてたか、知らねぇとは言わせねぇぞ！」

「なら一緒に行こう」

僕が右手を差し出すと、アヲイは顔を歪《ゆが》ませた。鳴らないラジオを引っ摑み、僕に向かって投げつけた。ラジオは僕の肩に当たった。岩盤に落ちて、バリンと壊れた。

「友達ヅラすんじゃねぇ！」

尾鰭で海面を払う。飛沫《しぶき》が僕の顔に降りかかる。ヒリリと塩辛い。その事実に愕然《がくぜん》とする。

「お前は人間だ！　オレの知ってるシロイじゃねぇ！」

海水が辛いだなんて思ったことは一度もなかった。僕は人魚じゃなくなった。人間になってしまった。

「シロイの名前も記憶も捨てろ。二度と戻ってくるんじゃねぇ。今度そのツラ見せやがったら、てめぇの喉笛《のどぶえ》に嚙《か》みついてやる！」

アヲイは真珠色の牙《きば》をガチガチと鳴らした。ものすごい剣幕だった。本当に嚙みつかれそうだった。あの歯で嚙まれたら命はない。

僕は後じさり、身を翻《ひるがえ》して逃げ出した。

どこをどう走ったのか、覚えていない。

気づいた時には保護されていた。人間達は僕に質問をして、僕が人間の常識を何ひとつ知らないことに驚いた。「キオクソウシツだ」と彼らは言った。「大丈夫、心配はいらない。思い出すまでここにいればいいさ」

人間達は寛容だった。彼らは僕に新しい名前をくれた。病院の空き部屋に住むことを許し、食事も用意してくれた。僕は夜学に通い、読み書きを学んだ。お世話になった病院の紹介で校務員の職を得た。

山間にある学校が僕の第二の家になった。人間の子供達に囲まれて、次第に人間の生活に馴染《なじ》んでいった。

あっという間に五年が過ぎた。陸での思い出が増えるごとに、海の記憶は薄れていった。十年が過ぎ、二十年が過ぎる頃には、あれは現実ではないと、全部夢だったのだと思うようになっていた。


人間になって二十五年目の夏、備品のラジオが壊れた。

「困ったな。これじゃ明日からラジオ体操が出来ない」

すると赴任してきたばかりの若い先生が、母親から貰《もら》ったというラジカセを持ってきてくれた。

「ありがとう、使わせて貰うよ」

そのデッキには古いテープが残っていた。なにげなく再生してみると、女性歌手の物憂げな歌声が聞こえてきた。

その瞬間――

僕は鮮やかに思い出した。

潮騒《しおさい》を、夕焼けを、アヲイの甘い唇を。

居ても立ってもいられなくなった。ラジカセを抱《かか》え、電車に飛び乗った。まるで引き寄せられるように海へ向かった。

あの洞窟にたどり着いた時には日が暮れかけていた。夕闇《ゆうやみ》迫る中、僕はテープを再生した。曲が終われば巻き戻し、もう一度、最初からかけ直した。四回目のサビにさしかかった時、ちゃぽんという音が聞こえた。わずかに差し込む夕日の中、暗い水面を割って、白い肢体が現れる。まろやかな肩、豊満な胸、黒い髪が艶《なま》めかしく肌に張りついている。

「戻ってくるなと言ったのに」

その声は蕩《とろ》ける蜜《みつ》。甘やかに耳から脳へ流れ込んでくる。身体がカッカと熱くなり、頭の芯《しん》がジンと痺《しび》れる。

「わかってただろ。戻ってきたらこうなるって」

ああ、わかっていたよ。

キスをしたら子供が出来る。あれは姉さん達の冗談だ。人魚の雌《おんな》は人間の男を食べて受胎する。ゆえに人魚はその目と声で人間の男を誘惑し、虜《とりこ》にして海に引きずり込む。わかっていても抗《あらが》えなかった。彼女しか目に入らなかった。あの腕に抱かれたい。彼女に食べられたい。それしか考えられなくなった。

「だから捨ててと言ったのに」

悲しそうな声。それにラジカセの歌声が応える。

捨てられるわけがない
愛《いと》しい愛しい愛しい君を
忘れられるわけがない

僕は海に飛び込んだ。沈んでいく僕を白い腕が抱きとめる。涙を知らない人魚の瞳《ひとみ》が、まるで泣いているように、深い青に染まっている。

「おかえり、シロイ」

アヲイは目を閉じて、優しく僕にキスをする。

切れたミサンガ

柾木政宗

1

だから捨ててと言ったのに。
千鶴《ちづる》はため息交じりに言葉を吐いた。
俺は地面に突っ伏して嗚咽《おえつ》を漏らしている。
上気した男たちが、困惑気味に俺を取り囲んでいる。
――あとちょっとだったのに。
床の冷たさが頰《ほお》に染《し》みた。

2

時間は過去に遡《さかのぼ》る。

「起きて」

千鶴に身体《からだ》を揺さぶられ目を覚ました。全裸でシーツにくるまっていた俺は、酔いで重い頭を動かし周囲を見回す。そこはラブホだった。

千鶴はすでに着替えていた。ヘアターバンにポンチョ、ストーンネックレスにミサンガといつものエスニックスタイルだ。

状況がわからず、テレビをつけようとして――千鶴に止められた。千鶴はあごをしゃくって壁の時計を指した。

一瞬で血の気が引いた。時刻は日付が変わろうとしていた。つまり――。

「やっちゃったね。諦《あきら》める？」

千鶴も頭を押さえている。俺と同様にまだ酒が残っているようだ。

「そ、それは勘弁してくれ」

泣き言が漏れた。「情けない顔」と千鶴は呆《あき》れている。


あいにくの雨降りだった日中、時間を持て余しすぎた俺たちは昼飲みのできる居酒屋に行き、そこでがっつり酔ってテンションが上がり、そのままホテルにしけこんだ――のだが、途中から記憶は朧《おぼろ》気《げ》だ。こういう時にこういうことをするカップルはどうだろうか。酒のせいもあって、短絡的だったのは否めない。

新宿のスポーツバーで出会い、酒好き同士で付き合い始めた俺たちが、真っ昼間からがんがんに酒をあおったのが失敗だった。だが飲まないことには、時の流れを待てなかった。いつもと違うことをすると、何かと失敗するものだ。いつもはドイツビールなのに今日は国産ビールにしたのも間違っていた。

「ねー、それ」

千鶴がテーブルの上を指差した。そこにあったのは切れたミサンガだった。千鶴の手編みで俺が手首に着けていたものだが、酔って記憶を飛ばしている間に切れたようだ。

「捨てていけば？　切れたミサンガを持ってるの、『願いが叶《かな》わなくていい』って意味になってよくないんだよ」

千鶴が捨てさせたがる理由は、おそらくそれだけではない。手先が器用な千鶴が珍しく、うまく編めなかったと悔《く》やんでいたからだ。でも俺はせっかくだからと、ありがたく手首に結んでいた。

切れてなんぼのミサンガだが、記憶がない間に切れたというのも何だか申し訳ない。「捨てることないだろ」と、ミサンガを手に取りポケットに入れた。

「もう、願い叶わなくても知らないよ」

千鶴は頰を膨《ふく》らませた。さて、願いは叶ったのか？

タクシーを使うことを考えた。乗ってすぐ、ドライバーにお願いすれば何とかなる――。しかしホテルを出て二人の財布は空になっていた。もちろん寝ている間に延長料金が発生したからだ。あまり持たずにふらっと家を出てきたのがよくなかった。

ラブホの立地柄《がら》、外に出ても人通りの少ない路地だったのは不幸中の幸いだった。雨もやんでいる。

「友達呼ぶ？」

千鶴が提案したがそれも怖かった。どこから情報が漏れるかわからない。

結論はシンプルだった――二人で走ろう。

なぜこんなことに。後悔で半泣きになりながら、俺はパーカーを羽織《はお》りフロントのジッパーを上げた。

「気持ちくらい上げていけば？」

千鶴がバッグからイヤホンを取り出す。そしてにこりと笑い、俺の耳に差し込む。天邪《あまのじゃ》鬼《く》な言い方だがその優しさが嬉《うれ》しい。

ヘビロテしていたKing Gnu《キングヌー》が大音量で流れ、千鶴の思惑通り気分は上がり――。

「ありがとう」と声をかけた。千鶴は頷《うなず》いた。

街のざわめきから必死に目を背け、俺たちは一心不乱に侍、もとい忍者のようにこそこそ走り続けた。

大公園を横切るルートが最短なのだが、踏み入れる寸前で足を止める――今はまずいかもしれない。雨上がりの草木のにおいが鼻をくすぐる。

その勘は間違っていなかった。神妙な顔をした二名の警官が公園に入っていく。誰かが暴《あば》れているのかもしれない。仕方なく迂回《うかい》して帰ることにした。

できるだけ人目には触れない方がいい。でも静かすぎると逆に目立つ。

瞬時に頭を働かせながら、適したルートを走っていたその時だった。

歩道に突然出てきたのは、泣きながら歩く男女の集団だった。

咄嗟《とっさ》に二人で顔を伏せて、また逃げるように走り出した。

今の集団がどんな表情で俺たちを見送ったか、そしてなぜ泣いていたのか、どちらも知る必要はない。

俺たちは前だけを見て走った。焦りのあまり、地面に大きな石があることに気付かなかった。次の瞬間——。

「いってー」

思わず声を上げていた。石につまずいた俺は転倒し足をくじいた。じんじんと痛みが響く。本当に今宵《こよい》はついていない。

千鶴が口を動かしている。たぶん「馬鹿《ばか》」って言っているな。

やがて俺の住むマンションが見えてきた。

足が限界だったので、階段ではなくエレベーターで上がることにした。

待つ間もきょろきょろしてしまう。早く辿《たど》り着《つ》きたいという気持ちから、ポケットの中にあった自宅の鍵《かぎ》を握りしめていた。

無事、一階にエレベーターがやってきた。心臓がドクンと高鳴った。

ガラス窓から箱の中が見えるのだが、そこに数人の若い男性がいる。

ドアが開き、高鳴りは恐怖へ変わった。こいつら、俺と同じ格好だ……！

緊張で手が火照《ほて》る。何とはなしに鍵を離し、手を外に出したタイミングだった。

鍵と一緒にポケットに入っていた、切れたミサンガがこぼれて床に落ちた。

——逃げろ！

咄嗟に逃げようとしたが、もう遅かった。

男たちもミサンガを見下ろしていた。だが視線を上げると嬉しそうに俺と目を合わせ、そろって「いぇーい」とハイタッチを誘ってきた。

何もかも理解できてしまった。

一人一人と手のひらを合わせていき、それが終わると、そのまま俺は倒れ込んだ。

3

無事ではないが帰ってきた。

足首に湿布を貼《は》り、俺はソファにもたれかかっている。千鶴はソファの上で飛び跳ねている。そして二人で仲良く声を張り上げている。

横目で千鶴を見ながら俺は思う。

――これはこれで楽しいじゃん。

テーブルの上には大量の酒と菓子がある。エレベーターで出会った兄ちゃんたちが、落胆する俺を見て、申し訳ないと差し入れしてくれた。めちゃくちゃいい人たちだった。彼らは何も悪くないのだし、今度お返しをしよう。そして友達になろう。

それにしても、興奮が止まらない。

何しろ、前半三十三分でギュンドアンにゴールを決められたものの、ここから大逆転が待っているのだ。その時――。

「南野《みなみの》、よし、あっ、おー、堂安《どうあん》来たー!」

ゴールが決まった! 両手を高く突き上げる。足の痛みが消える。

世間より三時間遅れの大興奮。

ユニフォーム姿の千鶴と抱き合った。一方俺は、興奮して朝からユニフォームのままだ。そのせいでパーカーを着て走る羽目になった。

そして俺の手首には――固く結び直したミサンガが巻き付いている。千鶴が編んでくれたミサンガなら、切れてもまた結べば何度でも願いが叶う。そんな気がする。

千鶴お手製、ワールドカップ応援用のブルーのミサンガだ。『JAPAN』と白く編み込まれている。普段編んでいるのとは違い文字入りだから出来に不満があるらしいが、俺は大いに満足している。

このミサンガに込めた願い――サムライブルーの日本が勝つことは知っている。

さあこれで同点だ。あと一点入るらしい。誰が決めるんだ？　俺的には、闘莉王《トゥーリオ》にボロクソ言われていた浅野《あさの》あたりに頑張ってほしい。

いいね、わくわくしてきた。

二〇二二年十一月二十三日。今は明けて二十四日。

ＦＩＦＡワールドカップカタール大会。ドイツ対日本。

このあと日本は、劇的な勝利を収める。

その結果を知りながら、俺たちは録画で観戦している。

勝敗を知らずに観戦したかった。だから情報を入れないように必死で帰ってきた。しかし――。


だから捨ててと言ったのに。

千鶴の気持ちはわかる。ホテルにミサンガを捨てていけば、エレベーターで兄ちゃんたちも素通りしていたかもしれないから。でもその場合、彼らとの交流はなかったわけで――。

だからいいや。

だって今の俺は、日本がどんな風に勝つか楽しみで仕方ない。勝敗を知った程度で楽しさが薄れるほど、サッカーは柔なスポーツじゃない――なんてな。

結局は気の持ちよう。

そこに千鶴がいればなおさらベスト。

単純でよかったよ、俺。
さあ、結び直したミサンガで、次は何を願おうか。

猟妻

谷絹茉優

「だから捨ててと言ったのに」

少し不満そうに私が言うと、倒れた大量のフィギュアを並べ直しながら、彼女はやはりにこりと笑い、首を横に振った。

私の妻には、蒐集癖《しゅうしゅうへき》がある。知らない国の民族楽器であるとか大昔の映画のポスターであるとか。

とにかく珍しいものであれば、特段興味がなくてもとりあえず買って置いておくのだ。曰《いわ》く、逃して誰かのものになるのを想像すると、堪《たま》らなく惜しい気持ちになるのだそう。ある種の独占欲に分類されるのかな、と思った。

ここ最近では遂《つい》に自室と屋根裏部屋では収まりきらずリビングにまで彼女のコレクションが侵蝕《しんしょく》してきている。

共用のスペースに彼女のものが溢《あふ》れかえるのもさることながら、私が一番文句を言いたいのは、集めたものを使っている様子がない点にある。おまけに壊れたものでも手放さないのだ。

「要らないものや壊れたものから捨てていったらどうだい。そうしたら新しいものだって置けるだろう」

何度かそういう話をしたが、妻は決まって首を横に振った。

私の家には、よく来客がある。二年前事故で身体《からだ》が動かなくなったのだが、妻の献身的な介護によってなんとか上半身を動かせるまでに回復した。

下半身の感覚は殆《ほとん》どなく車椅子《くるまいす》移動での生活は極めて困難だが、幸い私は物書きであるため、脳と指さえ動けば仕事は出来る。

自宅で書いた原稿を担当に取りに来てもらう。最近はデータでのやり取りが主流なのだが、私はそういったものに疎《うと》い。担当曰《いわ》く、私が手書き原稿作家の最後の生き残りだそう。それで我が家は人の出入りが多いというわけだ。

一応、周りは私のことを、先生、と呼ぶからして、ある程度の威厳《いげん》が必要だ。家にこう、一貫性も節操もなく名称も分からないものを雑然と置いている人間に、威厳を感じる者は少ないだろうと思う。

しかし、自分の世間体やプライドからこれだけ尽くしてくれる妻の数少ない趣味に対して、いい加減になさい、と強く言う気にもなれず、毎度提案するに留《とど》まってしまう。

ある日、私は妻の部屋からパカン、と何か木材が割れるような音を聞いた。

何を落としたらそんな音が鳴るのか、妻が怪我《けが》でもしていないだろうか。

仕事用の椅子から車椅子に乗り換え覗《のぞ》きに行くと、音の正体はあの民族楽器であった。

妻は楽器から少し離れたところに立ち、真っ二つに割れたそれを見下ろしていた。一先《ひとま》ず妻に大事はない。不器用な私がここで声を掛けてはかえって逆効果なので凹《へこ》んでいる彼女をそっとしておこう。

そう判断したから、声を掛けなかった。

何か、違和感があった。

声を掛けなかったのは、本当にそっとしておこうと思ったからだろうか。妻の背中から感じる不自然さに、声を掛けられなかったのではないか。そんな考えが頭を巡った。

自室に戻っても、その違和感の正体を探ってしまいなかなか仕事が手につかなかった。物凄《ものすご》い矛盾、気持ち悪さ。この身体になってから毎日毎時間顔を合わせている妻だからこそ、ここにきて知らない一面を見たような感覚に襲われて心がざわついた。

壊れた楽器を見下ろす妻。余程驚いたのかショックだったのか、肩が少し揺れていた。

翌朝、これといって妻に落ち込む様子はなく、寧《むし》ろ機嫌が良《い》いようにすら感じた。件《くだん》の楽器は、一応の修理をされ元の場所に戻されていたが、演奏できる状態には見えなかった。

「なあ、その楽器、捨ててしまいなさい。壊れているのだろう」

彼女はやはり、首を横に振る。

いつもならここで引き下がるが、もう少し聞けば昨日の違和感の正体が分かる気がして、食い下がることにした。

「君のその、集める癖に関しては何も言うまいと思うのだがね、何故《なぜ》、壊れたものまで取っておくのだい」

普段は来ない追撃に少し面食らった様子の妻であったが、ぽつり、ぽつりとその理由を話し始めた。

妻自身も、その趣味というか、癖というものを好きでやっているわけではなく、抑えられない欲求に、褒められたことではないと思いつつも従う自分に困っているようで説明は要領を得なかった。

まとめると、珍しいものを他人に渡したくない心理が歪《ゆが》んだ結果、というべきか。

自分のものにするのでは飽きたらず、その上で壊してしまえば、もう誰もそれを欲しくなくなり、自分の死後も誰かの手に渡ることはない。その事実に性的快感と近いものを覚える、ということらしい。

話が見え始めた辺りから私の眉間《みけん》には深い皺《しわ》ができていたことだろうと思う。

妻にそんな受け入れ難《がた》い一面があったとは。

しかし、結婚から間もなく事故を起こし、寝たきり同然になった私を見捨てず、文句一つ言うこともなく献身的に支えてくれた妻もまた、彼女の紛《まぎ》れもない一面であり、そんな彼女を私は愛しているのだ。

――小説家というのは世間一般から見て珍しい職業だ。


「お茶にしましょうか」

思わず身体が跳ねた。妻の声はこんなだったろうか。何かを含んでいるようにも聞こえた。

台所から妻が戻ってくる。今まであんなに愛《いと》おしかった妻の一挙手一投足が、たまらなく怖い。

昨日の違和感の正体。肩が少し揺れていたのは笑っていたからだとしたら。


「やっぱり、捨てた方が良いかしら」

妻は、そう言いながら紅茶の入ったカップの縁を指で擦《こす》った。首元を彼女の指が這《は》うような感覚に陥《おちい》る。

平静を装った。

「まあ、良いんじゃないか。君が好きなようにしたら」

妻は微笑《ほほえ》んだ。

「そうよね」

相槌《あいづち》として少し違和感のあるその返答が、捨てる、という言葉は自分にも向くのだと理解している夫に対して、だとするとしっくりくる。

いや、そんなはずはない。妻のそれは、あくまでものに対しての欲求であり、愛する夫である私をその対象として見るわけがない。

現に私がこんな身体になっても見放すことなく献身的に——待てよ。

「あなた、顔が怖いわ」

心臓が口から出そうなほど脈打った。肺に上手《うま》く空気が入ってこない。

意識があの日と混濁する。

倒れた私を見下ろす妻。

余程驚いたのかショックだったのか、肩が少し揺れていた。

「すごい汗」

そう言って近付いてくる妻は心做《こころな》しか艶《つや》っぽく見えた。タオルで額の汗を拭《ぬぐ》いながら、もう一方の手で感覚のない下半身を擦る。

私は妻のコレクションなのだ。受け入れなければ棄《す》てられてしまう。

そこまで考えて、彼女のものとして最善な行動を心掛けようとしている自分に、この状況に、吐き気がした。

妻の手を振り払った弾みで車椅子から転げ落ちる。そのまま這って腕の力で玄関へと進む。いやに落ち着いた妻の声。

「ドアノブに手が届かないじゃない」

そんなことは分かっている。しかし、今日は担当が原稿を取りに来る日。いつも通りに呼び鈴が一度鳴り、合い鍵《かぎ》でもって、ドアが開いた。

「先生」

私の姿を見て立ち尽くす彼にしがみつき、助けを乞《こ》おうとしたその時、彼が汚いものを避けるように一歩引いた。私の身体は支えを得られず、再度床に伏した。

「いらっしゃい」

妻が落ち着き払った声でそう言う。鍵を閉める彼。靴を脱ぎ、私を跨《また》いで、妻の方へ歩いてゆく。

もう振り向く気力もない私の背中に、いつか自分が吐いた台詞《せりふ》が刺さる。

「だから捨ててと言ったのに」

少し不満そうなその声に、彼女は首を横に振ってくれたろうか。

擲《なげう》たれた手紙

夕木春央

だから捨ててと言ったのに。

それを遺言に茜《あかね》は逝った。

長患いの果てであった。生来姪《めい》を苦しめた病《やまい》は遂《つい》に彼女を蝕《むしば》み尽くした。茜の体はもはや干からびた蟬《せみ》のようだった。享年二十四。

看取《みと》ったのは私と看護婦の美代《みよ》である。ここは東京から列車で半日の海辺の療養所で、余人はいない。私の兄が茜のために建てたのだ。

教鞭《きょうべん》を執る高等学校の休暇に、思い立って久々の見舞いに訪れた。近頃は体力が衰え、歩くのにも一苦労と心配されていた。五日滞在する予定が、二日目の夕方に茜の容体は急変した。

死に瀕《ひん》した姪の意識は不確かだった。私が居室に呼ばれた時、寝台の彼女は窓へしきりに咳《せ》き込《こ》んでいた。その体がバラバラに崩れはしないかという激しさに、臨終が迫ったと悟った。看取る覚悟が整わず「大丈夫か?」「お薬を――」と、私と美代の言葉は空虚であった。

茜は寝台脇《わき》の私たちへ体を返そうと踠《もが》いた。美代と共に介助し、姪は顔をこちらに半身を横たえ落ち着いた。一度は咳《せき》も治まったが、既に眼《め》は虚《うつ》ろであった。

茜は何とも分からぬ呟《つぶや》きを夢中の涎《よだれ》のように溢《こぼ》していた。「だから捨ててと言ったのに」が、唯《ただ》一言聞き取れた。

それきり茜は力尽きた。


雑事が一段落すると私と美代は亡骸《なきがら》が運び出された居室に立ち戻り、暫《しば》し留《とど》まった。用があるでもなく、そこに漂う故人の残り香が薄れてゆくのが惜しかった。

陽の落ちた室内には薔薇《ばら》の花弁を模《も》した電灯が点《とも》っている。窓には鉄格子が嵌《はま》っていて、荒い岩場を挟んで海が見える。小さな暖炉《だんろ》があり、調度は小さな書き物机や簡便な椅子《いす》、籐《とう》の屑籠《くずかご》、書棚。それらに傷や汚れを見つけては世を去った姫の暮らしを思い描いた。

「茜さまは、どうしてあんなことを？」

美代は呟いた。

だから捨ててと言ったのに。死に際の混濁から拾い上げられた無意味な言葉か、辞世に言わずにはすまない一言だったのか。

何となしに寝台の茜が最期《さいご》に見ていた先を私は探った。

「おや」

妙なものに気がついた。

それは屑籠の陰に落ちていた。握《にぎ》り潰《つぶ》された紙屑であった。

「これはいつからあったんだ？」

「さあ、一週間程前に大掃除をしたのですけれど」

するとそれ以降にここに落ちたのか。

便箋《びんせん》らしく見えた。解《ほぐ》すと茜の手に成る手紙である。宛名《あてな》には「穂村譲《ほむらゆずる》さま」と、私の知らない名があった。

広げてしまった上はと思い切って読んだ。

恋文である。余りに静かな恋文だった。男の姿の美しさを賞し、心の清さを讃《たた》える筆致に激しい情熱は籠《こ》もらず、至極淡々としていたが「いつか健《すこ》やかな体となってあなたとともにあれますことを」と結ばれているのは胸を打った。

「この穂村という人は誰だ？　茜には恋人がいたのか」

「さあ、存じません。そんな人は」

美代は沈痛で、困惑していた。彼女の勤めは半年前からだから、男が茜と会っていたのはそれより昔らしい。

「茜さまが亡くなる間際に仰《おつしや》ったのはこれのことでしょうか？　床に転がった手紙がそのままになっていたから――」

恋文が書かれた経緯は分からないが、ともあれ茜はそれを届けず反故《ほご》にしたのだ。床の手紙が処分されていないのを見つけ、あんな呟きを遺《のこ》していったのではないか。

この想像は美代の悲しみに悔恨を加えた。彼女は掃除を任されていた。自身の手落ちによって、最期の物思いを邪魔してしまったのではないか。

とはいえ仕方のないことだと私は美代を慰めた。

結局、遺言の意味はそんなところなのだろう。あの手紙は茜に心苦く、その始末がついていないことが死を前にして尚《なお》耐え難《がた》かったのだ。

穂村譲という男が気になった。これは茜の失恋の証拠か、或《ある》いは彼女の心が離れたのが先だったのか？　どうあれ彼女の体では、それが報《むく》われることは望むべくもなかった。


更に数日が経《た》った。葬儀は当地で済ませると決まり、私は依然療養所に滞在していたが、すると思いがけない訪問者があった。

三十余りと見える身なりの良《い》い男で、茜を知る人に会いに来たという。

応接室に通した。

「あなたは？」

「穂村明《あきら》と申します」

「穂村？」

「はい。実は、弟の譲のことでお聞きしたいことが」

姪の恋人の兄らしい。

「茜さんが亡くなったと伺いました」

「その通りですが、弟さんは？　どちらに？」

「死にました。三日前のことです」

彼の声は平然としていたが、心中に悲嘆を押し隠しているのが明らかだった。

私はもう一つの訃報《ふほう》に愕然《がくぜん》とした。それは茜の死と呼応したものに違いなかった。

ことの次第を聞けば自尽したという。下宿で多量の睡眠薬を服用したのだ。遺書には茜を失う悲しみが綴《つづ》られていたが、しかし彼に死を決意させた訳は確かではなかったそうである。

穂村は私の知らない譲と茜の馴《な》れ初《そ》めを教えてくれた。

四年前、大学生の譲は生物研究の実習に海岸を訪れ、茜と出会ったという。時を待たずに仲は深まったが、やがて茜の父が、恋が体に障《さわ》ることを案じて譲に療養所への出入りを禁じた。以来、二人がどうなったかは分からない。

私は茜が譲へ書いた恋文を処分しようとしていたこと、そして死に際に遺した一言を伝えた。

「では、亡くなる前の茜さんは譲を思い捨てようとしていたと？」

「そのように思われます」

譲が世を去ったのは結局それが理由か。ならばどうして彼は茜の心情を知ったのか。出入りは禁じられていたのだ。

穂村に乞《こ》われて、茜の居室を案内した。

彼は一渡り室内を見回すと、書き物机の上に皺《しわ》を伸ばしてあった恋文を取り上げた。

「拝読しても？」

「どうぞ」

茜は捨てようとしたが、彼女の恥にはならない手紙である。

読み終えた穂村は嘆息を漏らし、こちらを顧みた。

「申し上げていなかったのですが、下宿の弟の靴には塩が吹いていました。最近海に出たのは確からしい」

意図のわからない話に私は戸惑う。

穂村は構わず続ける。

「ちょっと、思いつきを申し上げても宜《よろ》しいですか。万一、茜さんの名誉に障るといけないが、弟のためにはお話ししたい」

「ほう？　そうですか。仰ってみてください」

何かの閃《ひらめ》きがあったようである。

「確かにこの手紙はくしゃくしゃに握り潰されていたようですね。私も不要の紙を捨てる時はそうします。ですが、恋文を処分するならばもっと良い方法がある。この部屋には暖炉があるでしょう？」

そうかもしれない。手紙とあれば、焼く方が自然にも思う。

「考えてみると、手紙を握り潰すのは捨てる時に限らないのではないですか。届けるためにすることもある」

「届ける？　この手紙は、届けるために丸められたと？」

「或いは」

穂村は窓の外を見遣《みや》った。海は穏《おだ》やかである。

「弟は、小舟を漕《こ》いで療養所の前までやって来たのではないでしょうか。出入りを禁じられていましたから、そんな手段に出たのです。

それを見とめた茜さんは、どうにか手紙を届けようと石礫《せきれき》のように握り潰して窓に放った。

しかし、狙《ねら》いは外れ手紙は鉄格子にぶつかり、跳ね返って屑籠の陰に入り込んでしまった。茜さんはどこへ転がったか見失ってしまったかもしれません。そうして、手紙は捨て置かれていたのではないですか」

「——成る程」

「残念ながら手紙は届かずじまいになった。看護婦さんがいらしたから、言葉を交《か》わすこともできなかった。弟は失望して去りました。やりきれない想像をするなら、茜さんがものを投げつける仕草《しぐさ》を絶縁宣言と誤解したことも考えられますね。海から微細な表情を窺《うかが》うことは難しい。その乱暴な動作が茜さんの心の全《すべ》てに見えたかもしれない。

そして譲は命を絶った。私が考えたのはそんなことです」

「——筋の通ったお話のようです」

茜は手紙を捨てようとはしていなかった。あくまでそれが譲に届くことを願っていた。ならば「だから捨てて と言ったのに」は、窓越しにすれ違いをしたもどかしさが今際《いまわ》の際《きわ》に言わせた言葉だったか。恐らく二人は、一度は互いを思い切ると決めたのだ。自分のことはもう捨ててほしい、という別れの挨拶《あいさつ》があったかもしれない。が、茜も譲も、ついにその約束は果たさずじまいだった。

「二人が亡くなったことからすればこの想像の持つ意味は余りにささやかですが——、弟のために、そういうことにさせて頂いても良いでしょうか？　二人は、表面に見える程は運命に従順ではなかったということに」

私に異存はなかった。

指輪の幽霊屋さん

最果タヒ

だから捨ててと言ったのに。

夜《よる》ちゃんはそう言って、呆《あき》れた顔をした。私が前の恋人にもらった指輪の話だった。

「恋が終わったなら、指輪は溶かして捨ててって。そろそろやばいって聞いてたから、私言ったのに。てか星《ほし》さんだって知ってるでしょ、このバイトしてるもんね」

別れた恋人との指輪はちゃんと溶かしてから捨てないと、幽霊になってしまう。それは私たちの常識だった。

「でも、私たちってだいぶ雑に仕事してるからほんとは幽霊って大したことないんじゃないかなって思っちゃったんだよ。てか指輪溶かすってめんどくさいしさぁ」

「私たちはそりゃ雑だけど、でも絶対供養はするでしょ？　溶かさなかったなら供養はしなくちゃいけない、それはゆらがないことでしょう」


こんにちは。

私たちは指輪の供養を仕事にしている、ドーナツ屋です。「指輪の供養屋さん」という名前のドーナツ屋さん。まあだれもこの店名を本気にはしてないけど、でも本当に指輪の供養としてドーナツを作って売っているお店です。買う人が本気にしなくたって、事実は事実です。私たちは供養のドーナツを売っている。

指輪が幽霊になって人を苦しめないように、ドーナツにしているお店です。とにかく美味《おい》しいドーナツです。チョコレート味もシナモン味も、ラムレーズンを混ぜたのもあります。

恋人たちの指輪は、恋が終わったなら溶かして捨てなくてはなりません。輪のままで捨てると、指輪の幽霊がいつまでもその人の周りに漂って、いつかはその人の心臓を縛り、心と体を悪くするから。私たちはそういう無数の指輪の幽霊を供養するために、溶かしてもらえなかった指輪の成仏を祈り、生地《きじ》をこね、ドーナツとして揚げて、近所の人に食べてもらう仕事をしています。一個200円。美味しいのでよく売れます。食べてもらえればもう大丈夫、ということになっています。知らない人が終わった恋でいつまでも苦しんでいても知りようがないので、本当はどうなのか分かりません。

私の隣にいる揚げるのがうまい人が夜ちゃん。私は星。あだ名です。夜ちゃんも本名は違います。でも胸に「夜」ってネームプレートをつけているから、近所の常連さんはみんな夜ちゃんって夜ちゃんのことを呼びます。私は、星さん。ラムレーズンを生地に混ぜて分離しないよう綺麗《きれい》に輪にするのが得意です。

指輪の幽霊は、できてしまったらもう仕方ないのですけど、でも本当は恋が終わってしまったら、すぐに溶かして、輪じゃない形にしてしまうのがいいんです。心臓を縛る形の幽霊にならないように。でも心臓に土星の輪みたいに指輪の幽霊がまとわりつくのもいいなと、私は思うんだけど。

終わってしまったってずっと心を縛っていてほしい恋ってあるようにも思うけど。

「ロマンチストだから、幽霊に対する危機感が私、なかったのかもしれない」

「星さん、なんで別れたの」

夜ちゃんは今日の分のドーナツの全《すべ》てを油から上げると私に聞いた。

「なんで？　なんでって……」

「合わないと思ってたよ。春野《はるの》さんでしょ、あの指輪の相手」

「じゃあ答えは出てるんじゃん」

合わないとか合うとかで、恋はどうこう言えるわけではないし、恋は冷めていくものだけど、冷めていった時に、腐れ縁のような、しずかな二人だけの裏庭の合鍵《あいかぎ》を持つような関係になれたならそれでよくて、そうなれなかったから、指輪を外してどっかにやるとか、そんな雑な終わり方を選んでしまった。恋にはもう一つ奇跡が必要で、その奇跡は起きなかった。燃え上がるようにずっと好きでいるわけではないのに、それなのにいつまでも終わらない関係でいることの方が呪《のろ》いだと私は思うけれど、それはたぶん今の自分の状況がそう思わせているだけだ。

私の相手が誰だろうと、夜ちゃんは「合わない」って言うってわかっているけど、「そっかぁ」と私は言った。

彼女は私のためにドーナツをさらに10個作りはじめた。私たちでそれをちゃんと完食するしかないってことだろうか。少なくとも夜ちゃんはそのつもり。私の指輪を供養するおやつタイムがはじまる。

「私のためにドーナツ作ってくれるの？」

「星さんも手伝ってね」

「ごめんね、ありがとう」

「いや、手伝うじゃなくて、あなたもやるんです。言い間違えたわ」

私は夜ちゃんのことがとても大切だけど、夜ちゃんが私のことをどう思っているのか、よく知らない。たぶん、私のことが好きなんだろうけど、でもそれは、私が誰と恋人になろうがあまり関係のないことで、そこは彼女は気にしていなくて、でもその私と私の恋人の関《かか》わりが、永遠に私の心臓を縛る幽霊になることを許してないのだ。

だからこそ、夜ちゃんは私のことが好きなんだろうなと思う。

私が誰と恋人になろうが気にしなくて、その割に心臓の心配はしてくれるから、私のことが大好きなんだろうなと思う。


そしてそのことに私が気づいていると、夜ちゃんは知らないのかもな。指輪の供養を夜ちゃんとできる方がいい、一人で指輪を溶かすより、それはずっといい、指輪はそう思って、そのへんに捨てた。夜ちゃんは、自分がいつもより熱心にドーナツを作っていることに気づいていているのかな。

「それも売るの?」

「みんながちゃんと食べるのかわからないから、これは私たちで食べよう」

「なんで私にそんな優しいの?」

「なんで、そんなこと聞くの?」

私は夜ちゃんがいるから、他の誰かと恋をするのが楽しい。


ここで売っているドーナツを食べるのは久しぶりです。17時には売り切れるし、私は甘党ではないからです。

私は別に、夜ちゃんと恋したいわけじゃなかった。夜ちゃんに指輪なんてあげたくない、夜ちゃんがくれた指輪なんて嫌だ。永遠や、形のあるものを、与え合って、楽をしようとする人間なんて嫌い。夜ちゃんのことが好きだけど、夜ちゃんに楽をしてほしいなんて思わない、苦しい中でずっと、私のことを見ていてほしい。

あなたが私のことを好きで、でもそれが恋愛とかじゃなくて、でもすごく執着心のあるもので、それを私に打ち明けられないますます苦しくて、でも私がそばにいればその間は心から安心するような、そんなものであることを知っている。私もきみも一人の時はそんな状態から楽になりたいと思うけど、楽になろうとした途端に今のこの関係は終わり、指輪なんかが私たちより先に幽霊になるような、そんなつまらない恋になる。

危うさの中でふたりでいたい。

これは、どちらの気持ちだろうか。多分、私は普通に、夜ちゃんに恋をしている。私の方が、ずっとあなたより弱い。恋人なんて夜ちゃんは作らない。

「夜ちゃん、夜ちゃんが指輪を溶かさずに捨てた時は、私がドーナツを作るからね」
「私はそんなミスはしないよ」
「一緒に思い出を葬りたいってことだよ」
「私はそんな、他人に恋をするようなミスはしないよ」

好きだと思うたびに、相手の心が、私と関係のないところで野晒《のざら》しになっていることが耐えられない。それだけが耐えられない。私は、あなたを自分のものにしたいわけではなかったし、でも誰のものにもしたくない。私が恋人を作っても、あなたはたぶん、私がそれを永遠のものにできないことを知っていて、だからずっと待ってくれている。

あなたがずっと野原を駆け回る自由を持っていたらいい。そんなあなたをいつまでも私はただ見失いたくない。あなたの心にも心臓にも、一つも幽霊がいないことを願っている。

私の幽霊さえ、あなたにいないことを願っている。


「今私は、星さんと同じことを考えてる」

「私と?」

「うん。10個のドーナツをチョコレート味にするか、シナモン味にするか」

「……全部同じでなくてもいいんじゃない?　チョコレートが多めだと嬉《うれ》しいけど」

あなたは、そんなふうに私があなたを思っていることを、「大切にしてくれて嬉しい」と思ってくれていた。その間だけ、この世界は愛なんてなくても、幸福になれる場所だと信じられる。

「私も同じ」

と、夜ちゃんは言った。

探偵ですから

麻耶雄嵩

「だから捨ててと云《い》ったのに」

自家製スムージーをタワシが倒してこぼしたとき、思わず口をついて出た。タワシを睨《にら》みつけると、怯《おび》えた顔でこちらの様子を窺《うかが》っている。黒く潤《うる》んだつぶらな瞳《ひとみ》が、ぷるぷると震えていた。

タワシは半月前に酔った夫が拾ってきた小さい野良犬だ。頭が毛むくじゃらで金《かな》タワシみたいだったからか、夫はタワシと名付けていた。

薄汚れて気持ち悪いのですぐに捨ててと訴えたが、酔った夫は取り合わない。酔いが醒《さ》めた翌朝も、遅刻するからと慌てて家を出ていく。夫は営業職で、接待で毎日遅くに帰宅してくるし、朝はぎりぎりまで寝ている。なので話にならず、かといって自分の手で捨てるのも忍びないので、結局私が面倒を見る羽目になる。

しかしいくら餌《えさ》をあげてもタワシは全く懐《なつ》かない。部屋の隅《すみ》でじっとこちらを見ているだけ。口は固く閉じられ、かわいげの欠片《かけら》もない。少しでも甘えてくれればこちらも餌をサーヴィスしてあげるのに……。それだけでなくタワシの射るような視線は、私の心を見透かしているようで、厭《いや》な気分にさせた。というのも実は私に後ろぐらい計画があったからだ。

夫の連日の午前様は接待や上司の誘いなどではなく、浮気しているせいだった。結婚五年目で子供はいない。悩んだ末に離婚を決意したとき、思わぬ報が入った。子供の頃から可愛《かわい》がってくれた伯母が事故死したのだ。独身だったので、遺言により遺産の大半を私がもらえることになった。その額は軽く億を超えるという。伯母は資産家とかではなく普通の事務員だったが、騙《だま》されて退職金をつぎ込んだ暗号資産が百倍に値上がりしていたらしい。

もし今離婚したら相続した遺産の半分が夫のものになってしまう。それだけでなく憎い浮気相手の手にも渡ってしまう。大好きだった伯母のお金を絶対に渡したくない……。

夫への殺意が芽生《めば》えたのはそのときだ。

どうやって夫を殺そう？

いや、殺したとばれては意味がない。真っ先に疑われるのは、強い動機を持つ私だろう。少しでも疑われたらお終《しま》いだ。毒薬の知識がないので病死にみせかける芸当は無理。無免許の私に夫の愛車に小細工できる技術もない。通勤途中の駅で線路に突き落とそうにも、衆人環視のなか偶然を装い上手《うま》くやる自信はない。酔った夫をベランダから突き落とすことも考えたが、二階なのでまず死なそう。バスタブで両足を引っ張りあげれば簡単に溺死《できし》するらしいが、狭いユニットバスで夫は膝《ひざ》を曲げて入っている。

自殺に見せかけようにも、不倫を謳歌《おうか》している夫が自殺しそうにないのは浮気相手が証言するだろう。かといって遺書を偽造するのも難しい。そもそもネットであれこれ検索していると、そこから足がついてしまいそう。

ふとベッドの上を見上げると壁付けのエアコンが目に入った。部屋を借りたときからあったものだ。かなりの旧式でサイズも大きい。建付けも古く、多少ネジが緩《ゆる》んでいても訝《おか》しくない。実際、手前にわずかに傾いている気もする。少し前に、寝ている間に落ちてきたら危ないので新調しようかと夫と話したことを思い出した。夫は泥酔したまま寝ることが多い。その頭の上に重いエアコンが落下したら。ベッドの上に立ち隙間《すきま》から覗《のぞ》き込《こ》むと案の定、いくつか緩んでいた。もう少し緩めたら弾みで落ちるかもしれない。

〝弾み〟となること。地震でも起これればあり得るが、地震の予知なんて国家機関でも難しい。やはり自分には無理なのか。あれこれ巡らせず、おとなしく遺産の半分を分け与えるしかないのか……行き詰まっていたときだった。

夕方のニュースで大型台風が直撃すると報じていた。昨年上陸した時は部屋全体がホラーハウスのように震えたのを覚えている。明け方に通り過ぎるまで一睡もできなかった。今年のはそれよりヤバいらしい。

ぴんときた。この台風が〝弾み〟になると。

慌ててエアコンを確認すると、ネジは改めて手を加えるまでもないくらい緩んでいた。知らなかったら逆に危なかったかもと胸をなで下ろす。時間をかけてベッドを横に少しだけずらす。今のままだと私の側に落下しそうだからだ。どうせ今夜も酔っているだろうから、ずらしたところで気づかないはず。

あとは夫が帰宅するのを待つだけ。

準備万端。ほっとしてテーブルに戻る。いつもの手製のスムージーを冷蔵庫から取り出して飲もうとしたとき、ずっと隅でこちらを見ていたタワシがいきなり飛び上がりカップを倒した。フローリングにシャーベット状の緑の液体が広がっていく。せっかくの計画に水を差された気分だ。

「だから捨ててと云ったのに」

誰もいない家で叫んでしまった。もし隣の人に聞かれていたら、私がヒステリックになっていたと証言されるかもしれない。壁の薄い部屋だ。

思わずタワシを叱《しか》りつけようとしたが、暗がりで身を縮こまらせて怯えている。潤んだつぶらな瞳を見ると叱れなかった。どこもかしこも無愛想《ぶあいそう》なのに、瞳だけは可愛いのだ。たった半月だが愛情が湧《わ》いたのかもしれない。

これ以上悪さをしないよう睨みつけながら残ったスムージーを飲もうとしたとき、

「飲むのは止めたほうがいいです」

部屋の隅から低い声が響いてきた。

「えっ、今のタワシ？」

呼びかけに反応するように、暗がりのタワシがむくと立ち上がる。いつも丸まっていたので気がつかなかったが、意外と背が高い。というより増えるワカメみたいにむくむく巨大化したように見える。あんなに小さかったのに、立ち上がった姿は普通の大人だった。細身で色白の若い男性。つぶらな瞳と頭のタワシだけは以前のままだが。

「ご主人を殺すつもりなんでしょう」

細長い指で頭を搔《か》きながら、穏《おだ》やかな口調でタワシが語りかける。

「どうしてそれを」

タワシの前で呟《つぶや》いたことがあっただろうか？　記憶を探ってみるが心当たりはない。とはいえ私の行動を眺《なが》めていれば一目瞭然《いちもくりょうぜん》かもしれないけど。

「僕は探偵です」

「タワシって探偵だったの！　てっきり野良犬だと」

「探偵はいつも野良犬みたいなものです」

「……よくわからないけど、あいつはそれを知っててタワシを連れてきたの？」

私の殺意を悟られていた？　しかしタワシはゆっくりと首を横に振る。

「いや、違うでしょう。理由はあとで説明します。それより安心してください。伯母さんの遺産を気にされていると思いますが、離婚しても相続した遺産は財産分与の対象にはなりません。すべてあなたのものになります」

「ホントなのそれ？」

今までの苦労に意味がなかった？　絶句していると、

「殺害方法をネットで検索するより先にそちらを調べていれば、弁護士に駆け込むだけですんだのですけど」

「タワシの分際で私に説教する気？　誰が毎日餌をあげていると思ってるの！」

飼い犬に手を噛《か》まれるとはこういうことか。凄《すご》んでみたが、タワシは柳に風で、

「ご主人は今夜は帰ってきません。おそらく愛人と一緒でしょう」

「えっ」と思わず訊《き》き返す。

「これから大型の台風が上陸します。そして翌日、あなたの死体が発見されることでしょう。台風に怯えて睡眠薬を飲んで眠ったあなたの頭部にエアコンが落下して。睡眠薬は朝に作ったスムージーに仕込まれています。死体の傍《そば》には僕がいて、だれも夫が罠《わな》を掛けたとは思わないでしょう。ずっと愛人宅にいてアリバイが成立するでしょうし」

飄々《ひょうひょう》と推理を披露する。……夫は私を殺して伯母の遺産を独占する気だったのか。しかも私と同じ方法で。ネジが緩んでいたのも夫の細工。

「もしかしてタワシは私を助けてくれたの？」

なんとタワシは命の恩人だった。

タワシは初めて口許《くちもと》を綻《ほころ》ばせると、つぶらな瞳で頷《うなず》いた。

「当然です、探偵ですから」

潮谷《しおたに》　験《けん》（2月5日公開）

１９７８年、京都府生まれ。第63回メフィスト賞受賞。デビュー作『スイッチ　悪意の実験』が発売後即重版に。2作目の『時空犯』は、リアルサウンド認定２０２１年度国内ミステリーベスト10選定会議で第1位。近著に『エンドロール』『あらゆる薔薇のために』『ミノタウロス現象』がある。「メフィスト VOL.9 2023 AUTUMN」から『誘拐劇場』を連載。最新作は『伯爵と三つの棺』。

真下《ました》みこと（2月12日公開）

１９９７年生まれ。２０１９年『#柚莉愛とかくれんぼ』で第61回メフィスト賞を受賞。２０２０年同作でデビュー。著書に『あさひは失敗しない』『茜さす日に嘘を隠して』『舞璃花の鬼ごっこ』『わたしの結び目』『かごいっぱいに詰め込んで』がある。

須藤古都離《すどうことり》（2月19日公開）

１９８７年、神奈川県生まれ。青山学院大学卒業。２０２２年『ゴリラ裁判の日』で第64回メフィスト賞受賞。他の著書に『無限の月』がある。

黒澤《くろさわ》いづみ（2月26日公開）

『人間に向いてない』で第57回メフィスト賞を受賞し２０１８年にデビュー。他の著作に『私の中にいる』がある。

岡崎隼人《おかざきはやと》（3月4日公開）

１９８５年生まれ。岡山県在住。『少女は踊る暗い腹の中踊る』で第34回メフィスト賞を受賞しデビュー。近著に『だから殺し屋は小説を書けない。』がある。

砥上裕將《とがみひろまさ》（3月11日公開）

１９８４年生まれ、水墨画家。『線は、僕を描く』で第59回メフィスト賞を受賞しデビュー。他の著作に『７・５グラムの奇跡』『一線の湖』『11ミリのふたつ星』がある。

河村拓哉《かわむらたくや》（3月18日公開）

１９９３年生まれ。東京大学理学部卒業。２０１６年に有志らとともにQuizKnockを創設。現在はYouTubeチャンネルの企画・出演のほか、クイズの制作・監修を行っており、クイズ大会「ＷＨＡＴ」では大会長を務めた。２０２２年7月には講談社「Mephisto Readers Club」のＭＲＣショートショート「黒猫を飼い始めた」にて、自身初となる小説を発表。

五十嵐《いがら》律人《しりつと》（3月25日公開）
1990年、岩手県生まれ。東北大学法学部卒業。弁護士（ベリーベスト法律事務所、第一東京弁護士会）。『法廷遊戯』で第62回メフィスト賞を受賞し、デビュー。著書に、『不可逆少年』『原因において自由な物語』『六法推理』『幻告』『魔女の原罪』『真夜中法律事務所』『密室法典』『嘘か真言か』などのミステリ作品のほか、実用書『現役弁護士作家がネコと解説 にゃんこ刑法』がある。

荒木《あらき》あかね（4月1日公開）
1998年、福岡県生まれ。九州大学文学部卒業。2022年『此の世の果ての殺人』で第68回江戸川乱歩賞を受賞しデビュー。本格ミステリの確かな技法に加え、心理に深く分け入った人間ドラマを描くことから「Z世代のアガサ・クリスティ」と呼ばれている。他の著書に『ちぎれた鎖と光の切れ端』がある。

似鳥《にたどり》 鶏《けい》（4月15日公開）
1981年、千葉県生まれ。2006年『理由あって冬に出る』で第16回鮎川哲也賞に佳作入選しデビュー。魅力的なキャラクターやユーモラスな文体で、軽妙な青春小説を上梓する一方、精緻な本格ミステリや、重厚な物語など、幅広い作風を持つ。『推理大戦』がほんタメ文学賞 2021年下半期たくみ部門（ミステリ）の大賞を受賞した。デビュー作を含む「市立高校」シリーズや、「戦力外捜査官」シリーズ、「楓ヶ丘動物園」シリーズなど、複数の人気シリーズを執筆している。他にも『叙述トリック短編集』『シャーロック・ホームズの不均衡』『シャーロック・ホームズの十字架』『そこにいるのに』など多くの著作がある。

皆川《みながわ》博子《ひろこ》（4月22日公開）
1930年、旧朝鮮京城市生まれ。東京女子大学英文科中退。1973年に「アルカディアの夏」で小説現代新人賞を受賞。『壁 旅芝居殺人事件』で第38回日本推理作家協会賞、『恋紅』で第95回直木賞、『薔薇忌』で第3回柴田錬三郎賞、『死の泉』で第32回吉川英治文学賞、『開かせていただき光栄です』で第12回本格ミステリ大賞を受賞。2013年にはその功績を認められ、第16回日本ミステリー文学大賞に輝く。2015年、文化功労者に選出。2024年『風配図』で第34回紫式部文学賞を受賞。ミステリ、幻想小説、時代小説、歴史小説、随筆、そのすべてが最上級である。

清志《きよし》まれ（5月6日公開）

1982年生まれ。神奈川県出身。2006年水野良樹として「いきものがかり」でCDデビュー。グループ活動のみならず、アーティストへの楽曲提供多数。2022年に筆名の清志まれで初小説『幸せのままで、死んでくれ』を刊行。近著に『おもいでがまっている』がある。

金子玲介《かねこれいすけ》（5月13日公開）

1993年、神奈川県生まれ。慶應義塾大学卒業。慶應義塾志木高等学校卒業の著者が、母校の男子校に着想を得た『死んだ山田と教室』で第65回メフィスト賞を受賞。他の著作に『死んだ石井の大群』『死んだ木村を上演』がある。

舞城《まいじょう》 王太郎《おうたろう》（5月20日公開）

1973年、福井県生まれ。2001年『煙か土か食い物』で第19回メフィスト賞を受賞しデビュー。2003年『阿修羅ガール』で第16回三島由紀夫賞を受賞。『熊の場所』『九十九十九』『好き好き大好き超愛してる。』『ディスコ探偵水曜日』『短篇五芒星』『キミトピア』『淵の王』『深夜百太郎』『畏れ入谷の彼女の柘榴』『短篇七芒星』など著書多数。近年は小説にとどまらず、『バイオーグ・トリニティ』や『月夜のグルメ』などの漫画原案、『コールド・スナップ』の翻訳を手掛け、アニメ『龍の歯医者』『イド：インヴェイデッド』の脚本などに携わる。

高田崇史《たかだたかふみ》（5月27日公開）

1958年、東京都生まれ。明治薬科大学卒業。『QED 百人一首の呪』で第9回メフィスト賞を受賞しデビュー。以降、怨霊史観ともいえる作風で多くの作品を送り出している。「QEDシリーズ」のほか、「カンナ」「神の時空」「古事記異聞」「小余綾俊輔シリーズ」など人気シリーズ多数。デビュー25周年記念に初の時代小説『江ノ島奇譚』を上梓。

伊吹亜門《いぶきあもん》（6月3日公開）

1991年、愛知県生まれ。同志社大学卒業。在学中は同志社ミステリ研究会に所属。2015年「監獄舎の殺人」で第12回ミステリーズ！新人賞を受賞し、同作を連作化した『刀と傘　明治京洛推理帖』でデビュー。同書は第19回本格ミステリ大賞を受賞。他の著作に『幻月と探偵』『京都陰陽寮謎解き滅妖帖』『雨と短銃』『焔と雪　京都探偵物語』『帝国妖人伝』がある。

背筋《せすじ》（6月10日公開）

2023年「カクヨム」に投稿した『近畿地方のある場所について』がSNSを起点に大きな注目を集める。同作は書籍化された。他の著作に『穢れた聖地巡礼について』『口に関するアンケート』がある。

芦沢《あしざわ》 央《よう》（6月17日公開）

1984年、東京都生まれ、千葉大学文学部卒業。出版社勤務を経て、2012年、『罪の余白』で第3回野性時代フロンティア文学賞を受賞し、小説家デビュー。同作が2015年に映画化。2018年『火のないところに煙は』が静岡書店大賞を受賞。『神の悪手』でほんタメ文学賞2021年上半期たくみ部門（ミステリ）、2022年、第34回将棋ペンクラブ大賞文芸部門優秀賞を受賞。2023年、『夜の道標』で第76回日本推理作家協会賞長編および連作短編集部門を受賞。最新作は『魂婚心中』。

にゃるら（6月24日公開）

1994年生まれ。沖縄県出身。代表作に『蜘蛛』、『僕はにゃるらになってしまった〜病みのインターネット〜』、『承認欲求女子図鑑』、ゲーム『NEEDY GIRL OVERDOSE』など。

多崎《たさき》 礼《れい》（7月1日公開）

2006年、『煌夜祭』で第2回C★NOVELS大賞を受賞しデビュー。著書に「〈本の姫〉は謳う」、「血と霧」「レーエンデ国物語」シリーズなど。『レーエンデ国物語』で2024年本屋大賞第5位。

柾木《まさき》政宗《まさむね》（7月8日公開）

1981年、埼玉県出身。ワセダミステリクラブ出身。『NO推理、NO探偵？』で「メフィスト」座談会を喧々囂々たる議論の渦に叩き込み、第53回メフィスト賞を受賞し、デビューを果たす。著書に『朝比奈うさぎの謎解き錬愛術』『ネタバレ厳禁症候群〜So signs can't be missed!〜』『困ったときは再起動しましょう　社内ヘルプデスク・蜜石莉名の事件チケット』『まだ出会っていないあなたへ』などがある。最新作は『歌舞伎町の終活屋　伝説のホストが人生をお見送り』。

谷絹《やぎぬ》茉優《まゆう》（7月15日公開）

聴く者を異世界に引き込んでいくような圧倒的な歌声と、それぞれが異なる輝きを放つ楽曲が注目を集めている、札幌発、平均年齢23歳の新鋭バンドChevonのボーカル。

夕《ゆう》木《き》春《はる》央《お》（7月22日公開）
２０１９年、「絞首商会の後継人」で第60回メフィスト賞を受賞。同年、改題した『絞首商會』でデビュー。『方舟』で「週刊文春ミステリーベスト10国内部門」「ＭＲＣ大賞２０２２」第1位。近著に『時計泥棒と悪人たち』『十戒』『サロメの断頭台』がある。

最《さい》果《はて》タヒ（7月29日公開）
１９８６年生まれ。２００４年よりインターネット上で詩作をはじめ、２００６年に現代詩手帖賞を受賞。『グッドモーニング』で中原中也賞、『死んでしまう系のぼくらに』で現代詩花椿賞、『恋と誤解された夕焼け』で萩原朔太郎賞を受賞。詩集の他に、小説、エッセイなど多数の著書がある。

麻《ま》耶《や》雄嵩《ゆたか》（8月5日公開）
１９６９年生まれ。京都大学工学部卒業。大学では推理小説研究会に所属。１９９１年に『翼ある闇　メルカトル鮎最後の事件』でデビュー。２０１１年『隻眼の少女』で第64回日本推理作家協会賞長編および連作短編集部門、第11回本格ミステリ大賞を受賞。２０１５年『さよなら神様』で第15回本格ミステリ大賞を受賞。最新作は『化石少女と七つの冒険』。

初出

本書は会員制読書クラブ
「メフィストリーダーズクラブ」〈MRC〉の
有料会員限定コンテンツ「MRCショートショート」で、
2024年2月5日から2024年8月5日までに公開された
25編の作品に加筆・修正したものです。

だから捨《す》ててと言《い》ったのに

2025年1月14日　第1刷発行

編　者　講談社《こうだんしゃ》
発行者　篠木和久
発行所　株式会社講談社
〒112-8001　東京都文京区音羽2丁目12-21
電　話　編集　03-5395-3506
販売　03-5395-5817
業務　03-5395-3615

本文データ制作　講談社デジタル製作
印刷所　株式会社KPSプロダクツ
製本所　株式会社国宝社

KODANSHA

定価はカバーに表示してあります。

ISBN 978-4-06-537875-5
N.D.C.913 191p 19cm